ガーティのミッション世界一

ケイト・ビーズリー 作
井上 里 訳

岩波書店

GERTIE'S LEAP TO GREATNESS

Text by Kate Beasley

First published 2016
by Farrar Straus Giroux, New York.

This Japanese edition published 2018
by Iwanami Shoten, Publishers, Tokyo
by arrangement with Katherine Beasley
c/o Folio Literary Management, LLC, New York
through Tuttle-Mori Agency, Inc., Tokyo.

ガーティのミッション世界一

もくじ

カバー画　はたこうしろう

ガーティのミッション世界一

1　科学のモンスター

ウシガエルはちょうど半分死んでいた。完《かん》ぺきだ。

家の前のみぞの中でじっとして、ガーティ・リース・フォイをみあげている。涙《なみだ》ぐんでいるみたいに光る目は、この世の見おさめに、かわいい女の子の顔をおがめてよろこんでいるみたいだ。

ガーティは、せまいみぞの中に頭をつっこんで、カエルの体をつかんだ。カエルの太い両脚《りょうあし》が、指のあいだからだらんと垂《た》れる。

それから家の裏手《うらて》に走っていって、キッチンの戸を背中《せなか》で押《お》しあけた。調理台《ちょうりだい》にカエルをおき、大急ぎで引き出しをあける。ここには、みているだけで楽しくなる、とくべつな料理《りょうり》道具がいろいろ入っている。引き出しに手をつっこみ、チーズおろし器《き》や、せんぬきや、トングをがちゃがちゃいわせながら、めあてのものを探《さが》す。調理台《ちょうりだい》の上のカエルからは目をはなさない。

逃《に》げられたら――ううん、死んじゃったら、たいへんだ。

「なんの騒《さわ》ぎだい」リビングから、レイおばさんの大声がきこえてきた。

「なんでもない！」ガーティは、ようやくみつけた料理用《りょうりよう》スポイトをつかんだ。ひとさし指でカエルのくちびるを――くちびるかどうかはわからないけど――こじあけて、スポイトの先を口の中にすべりこませる。それから、丸くふくらんだ青いゴムの部分をぎゅっとにぎって、カエルの肺《はい》に空気を送りこんだ。

酸素《さんそ》のおかげか、それとも期待していたほど死んでいなかったせいか、カエルは急に元気づき、調理台《ちょうりだい》のはしにむかっていきおいよくはねた。ガーティはあわててゆく手をふさぎ、おわん型《がた》にした両手でカエルをつかまえた。

「よしよし」カエルをなだめる。「もうだいじょうぶ」

指のあいだからのぞくと、カエルもこっちをみあげている。目玉が小さくふるえているのは、助けてもらって感激《かんげき》してるからなんだろうか。それとも、かんかんに怒《おこ》ってるんだろうか。よくわからない。

カエルのおなかを両手でつかんでうしろをふりかえると、花柄《はながら》のワンピースにつつまれたおなかにしょうとつした。

レイおばさんだ。いたそうにうめき、ガーティの両手の中にいるカエルに気づいて目を白黒させる。「ちょっと、またなにをつかまえてきたんだい！」

「蘇生処置《そせいしょち》してあげたんだ」ガーティは、カエルを持った両手をとっさに引っこめた。

レイおばさんがあとずさりすると、床《ゆか》にあいた通風孔《つうふうこう》から吹《ふ》きだす風が、ワンピースを風船みたいにふくらませた。「なんだって?」

「蘇生処置《そせいしょち》。蘇生《そせい》っていうのは、死んじゃった生き物を生きかえらせることだよ」

「蘇生《そせい》の意味なら知ってるよ」レイおばさんが足を踏《ふ》みかえる。「なんだって、きたならしいウシガエルなんかを蘇生《そせい》させたんだい。あたしがきいてるのはそっちだよ」

ガーティはため息をついた。いつだってこうだ。いつだって、わかりきったことを、いちから説明《せつめい》してあげなくちゃいけないんだ。「ただのウシガエルじゃない。科学《かがく》が生んだミラクルなんだよ」

「ふん」レイおばさんは、鼻にしわを寄《よ》せてカエルをにらんだ。「あたしには、科学《かがく》が生んだモンスターにしかみえないけどね」

ガーティははっと息をのんだ。「いい」

「なにがだい」

「レイおばさん、いまのいい!」

科学《かがく》のモンスターが身をよじり、ガーティは両手に力をこめた。だけど、あんまり力を入れすぎないようにしなくちゃ。目玉がとびだして、床《ゆか》に落っこちたりしたらたいへんだ。

「はやく箱に入れなきゃ。目玉が床《ゆか》に落ちちゃったら、ひろってくっつけてあげなくちゃいけないでしょ?」

「なんだって――」レイおばさんが口をひらきかける。

「もう! ぜんぶ説明《せつめい》してるひまはないんだってば!」

「わかったわかった」おばさんは、ふくらんだワンピースをなでつけた。「とにかく、それがすんだら、カエルを置《お》いてたところを消毒《しょうどく》するんだよ。わかったね?」


ガーティは、靴《くつ》の空き箱をみつけてくると、ぬれた落ち葉をしきつめてカエルを入れた。箱に輪《わ》ゴムをかけて、玄関《げんかん》から外へ出る。玄関《げんかん》の屋根からは、特大《とくだい》サイズの電気虫取《むしと》り器《き》がぶら下がっている。ドラゴンの赤ちゃんくらいならしとめられそうだ。

ミッション第一号は、まずまずのすべりだしだった。

ガーティにはいつも、進行中のミッションがすくなくともひとつはある。やりとげられなかったことは一度もない。世界一足がはやいわけでも、世界一かしこいわけでも、世界一背《せ》が高いわけでもないけれど、そんなことはちっともかまわない。ガーティはとくべつな女の子なのだから。なぜかって、ぜったいにあきらめないから。なにがあったって、あきらめない。お父さんはよく、おまえのしぶとさはタイヤに食《く》らいついたブルドッグなみだよ、という。

ガーティは、お父さんのこの名文句《めいもんく》を印刷《いんさつ》した名刺《めいし》をつくって、みんなにくばろうかな、と考えていた。

虫取《むしと》り器《き》の青白い光の下でしゃがみこみ、地面にちらばっていた蚊《か》の死がいをてのひらにひろい集める。セミやコオロギが合唱《がっしょう》する、夜の歌がきこえてきた。ガーティは立ちあがり、太陽が地平線のむこうへしずんでいくのをながめた。今日で夏休みはおしまいだ。

ウシガエルは、おいしい蚊《か》をたっぷり食べて丸々とふとり、明日には元気な声で鳴くだろう。ふとって元気よく鳴くウシガエルがいっしょなら、ガーティの夏休みのスピーチは、まちがいなくキャロル小学校で一番だ。考えただけでうれしくなって、床板《ゆかいた》を踏《ふ》みしめていたはだしの指に力がこもる。

ガーティ・リース・フォイは、最強《さいきょう》の五年生になるのだ。学校一、ううん世界一、ううん宇宙一《うちゅういち》の！

だけど、たとえ宇宙一《うちゅういち》の小学五年生になれたって、それはまだ、ミッションのスタート地点なんだ。

2　そこ、わたしの席よ

ガーティが世界一の五年生になりたいと思うようになったのには、わけがあった。ウシガエルを蘇生《そせい》させた二日前に、いちだいじが起こった。未来《みらい》に起こることがみえたのだ。といっても、占《うらな》い師《し》みたいに、水晶《すいしょう》や、ティーカップにのこった紅茶《こうちゃ》の葉っぱや、チーズの変《か》わったカビの形なんかを読みとったわけじゃない。そうじゃなくて、サンシャイン不動産《ふどうさん》が出していた看板《かんばん》をみたのだ。

看板《かんばん》が立っていたのはガーティのお母さんが住んでいる家の庭で、そこには〈**売り出し中。ご連絡《れんらく》はサンシャイン不動産《ふどうさん》へ**〉と書かれていた。その看板《かんばん》を発見したその日から、ガーティは、これまでの人生で一番重要《じゅうよう》なミッションに取りかかった。

五年生がはじまる最初《さいしょ》の朝、ガーティは目をさますとベッドからとびおりてバスルームへ突《とっ》進《しん》し、いつもより多めにハミガキ粉《こ》をつけて歯をみがいた。みがきながら鏡《かがみ》をにらむ。

ひとつに結《むす》んだみじかいポニーテールは、頭のてっぺんからまっすぐ突《つ》きだしている。髪《かみ》をひっつめておくと頭の血のめぐりがよくなって、アイデアがつぎつぎにわいてくる。鼻はちょっと大きめで、あごはとがっている。顔にはそばかすが散《ち》っていて、ひじは腕《うで》の半分あたりにある。問題ない。今日もガーティは、どこを取ってもガーティだ。
ガーティは、鏡《かがみ》の中の自分に歯ブラシを突《つ》きつけた。「しゃんとしな」そういって、口のまわりについていたハミガキ粉《こ》をぬぐう。

部屋にもどると、半ズボンをはき、とっておきの青いTシャツを着て、レイおばさんが二十五パーセントオフで買ってきてくれたサンダルをはく。金のロケットを首にかけると、外からみえないように、えり首からTシャツの中に落とす。ロケットというのは、家族の写真なんかを入れておけるペンダントのことだ。カエルの入った靴《くつ》の箱を持ちあげ、その重さをあじわう。とびっきりだ。ガーティは心のなかで断言《だんげん》した。丸々ふとったウシガエルを持つと、とびっきり元気が出る。

いせいよくキッチンへ歩いていくと、レイおばさんがさしだしたトゥインキー〔スポンジケーキのお菓子〕を、箱を持っていないほうの手でぱしっと受けとった。玄関《げんかん》の網戸《あみど》をあけて外に出ると、少し立ちどまってちょっと首をかしげ、いつものあれを待ちかまえた。

「一発《いっぱつ》かましてやんな、ベイビー」すぐに、レイおばさんお決まりのあいさつがとんできた。
ガーティはトゥインキーをひたいに当てて敬礼《けいれい》すると、歩きだし、網戸《あみど》のしまる音を背中《せなか》できいた。

スクールバスに乗ったガーティは、親友のとなりにすわった。親友はふたりいて、こっちの子はジュニア・パークスという。

ジュニアはものすごく心配性《しんぱいしょう》だ。始終いろんなことを気にしているとエネルギーを使うらしい。そのせいか、ジュニアはクラスの男の子のなかで一番のやせっぽちだ。あんまりガリガリだから、おなかに寄生虫《きせいちゅう》がいるんじゃないかってうわさまである。そんなうわさはでたらめだけど、ガーティは、たとえジュニアのおなかに寄生虫《きせいちゅう》がいたって友だちをやめるつもりはない。虫なんか、べつにこわくない。

ジュニアがいつもおどおどしているのは、名前のせいかもしれない。ミッチェル・パークス・ジュニアとか、ベンジー・パークス・ジュニアとかいう名前だったら、もっと堂々《どうどう》としていたのかも。じつは、ジュニアのお父さんも、ジュニア・パークスという名前なのだ。だから、その子どものジュニアの正式な名前は、ジュニア・パークス・ジュニアになる。

ジュニアはいつも、ジュニア・パークス二世です、と自己《じこ》しょうかいした。だけど、それでもやっぱりみんなは、ジュニア・パークス・ジュニアをちぢめて、ジュニア・ジュニアと呼《よ》ぶ。

「その箱、なにが入ってるの?」ジュニアは、ガーティがとなりにすわったとたん、たずねた。

ジュニアは、どんなときでも、ささいな変化《へんか》をみのがさない。新しいものには用心深いのだ。

たとえばいまは、ガーティが持っている箱の中になにかとんでもない物が入っているんじゃないかとうたがっている。人間の手とか、死んだネズミとか、クラス全員にくばられるのに、自分だけがもらえないすてきなプレゼントとか。

ガーティは、ひざの上に靴《くつ》の箱を置《お》くと、ふたを軽くたたいた。「だめ、まだ教えられない」トゥインキーをひと口《くち》食べる。中に入っているクリームを、みんなはバニラ味だと思っているけど、ガーティにはちょっぴりレモンの味がするのがわかる。

ジュニアが、悲しそうな顔でくちびるをかんだ。

それをみると、ガーティはしぶしぶ折《お》れた。ほんのちょっとだけ。「夏休みのスピーチに使うものだよ」

ジュニアが目を丸くした。とびあがったはずみに、靴《くつ》が前の席《せき》にぶつかる。「忘《わす》れてたよ、夏休みのスピーチなんて」首を絞《し》められているみたいなしゃがれ声だ。

「なんでこんなにだいじなことを忘《わす》れられるの?」

キャロル小学校では、新しい学年がはじまる日の朝には、どのクラスもかならず夏休みのスピーチをすることになっている。ひとりずつ教室の前に出て、夏休みで一番思い出にのこっていることを発表するのだ。先生たちは、スピーチは競争《きょうそう》じゃありませんよ、というけれど、ガーティたちも、そんな子どもだましに引っかかるほどバカじゃない。

一年生になったばかりのときはまだ、スピーチのことなんて、なにもわかっていなかった。もちろん、準備《じゅんび》もしていなかった。自分の番がまわってくる直前に、おもしろそうな話をなんとかひねりだして、はじめから終わりまでしどろもどろになりながらしゃべった。

二年生になると、夏のできごとをじっくり思いかえして、これならきっといいスピーチになると思った話をひとつえらんだ――カキをもどさずに十五個《こ》もたいらげた話だ。ところがこの年はロイ・コルドウェルが、ピーカンの木に登って丸二日間下りてこなかった、というスピーチをした。きっとロイは、一番すごいスピーチをするためだけに、木の上で野宿なんかしたのだ。

三年生のときは、あと一歩のところで一番になれなかった。あのときは、海の上の石油《せきゆ》プラットホームで起こった事件《じけん》を話した。ガーティのお父さんは、石油《せきゆ》プラットホームで石油《せきゆ》をほる仕事をしている。あれは、絶対《ぜったい》に、だんとつにおもしろいスピーチだった。

スピーチでだいじなのは、なにをいうかじゃない。どういうかだ。あたしのお父さんは石油《せきゆ》プラットホームではたらいてるんです、と話すことはだれにだってできる。だけど、それとおなじ話を、あたしのお父さんは石油《せきゆ》プラットホームではたらいてるんですけど、ある日そこでいきなり警報機《けいほうき》が鳴りだして、それはなぜかというと、ポンプにガスがたまって爆発《ばくはつ》しそうになったからで、そのせいでみんなはプラットホームから逃《に》げだして、サメとウミヘビのようよする海にとびこんだんです、と話せば、断然《だんぜん》おもしろくなる。ところが残念《ざんねん》ながら、この年の夏は、エラ・ジェンキンスが盲腸《もうちょう》の手術《しゅじゅつ》を受けた話をして、みんなに、むらさき色のでこぼこした傷跡《きずあと》をみせた。

四年生のときのスピーチのことは、思いだすだけでつらい。この年は、レオ・リッグスが、左の眉毛《まゆげ》をそり落とすという大事件《だいじけん》について語った。

だけど、今年こそはガーティが、みんなをあっといわせてみせる。あっといわせなくちゃいけない。ガーティは、指についたトゥインキーの金色のくずをなめとった。バスが角を曲がり、ジョーンズ通りに入っていく。ガーティは、急いで窓《まど》の外をのぞいた。

ジョーンズ通りにならぶ家々は、どれも家のお手本みたいな家で、ガーティはみるたびに感心する。レイおばさんの家は、ペンキがはがれてドア枠《わく》もゆがんでいる。だけどこの通りの家は、みんなどっしりしたレンガ造《づく》りの建物《たてもの》で、上品な円柱《えんちゅう》もあって、大きな玄関《げんかん》のドアには真ちゅうのドアノッカーまでついている。

だけど、ジョーンズ通りで一番だいじなのは、りっぱな家じゃない。

一番だいじなのは、ガーティのお母さんがここに住んでいる、ということだ。お母さんの名前は、レイチェル・コリンズという。

ガーティが産《う》まれてすぐ、レイチェル・コリンズは家を出て、ジョーンズ通りの家で暮《く》らしはじめた。あとには、金のロケットと、ガーティのお父さんだけがのこされた。お父さんのフランク・フォイによると、お母さんが家を出たのは、幸せじゃなかったかららしい。だから、ほかに自分を幸せにしてくれるものがないか、よそへ探《さが》しにいかなきゃいけなかった。

だけどガーティは、そんな理由で家を出るなんてすごくおかしい、と思う。ガーティだって、時々は学校にいきたくない日があるけれど、それでも、いかなくちゃいけないものは、いかなくちゃいけない。教会だって、いきたいなんて思ったことは一度もないけれど、レイおばさんに引きずっていかれるから、いくしかない。レイおばさんにうんざりすることだってしょっちゅうある。夜ふかしを許《ゆる》してくれないときや、パジャマでスーパーへ出かけるのを許《ゆる》してくれないときなんて、ほんとうにがまんできない。だけど、だからって、レイおばさんを捨《す》てていこうだなんて思わない。

ガーティがそういうと、お父さんは、お母さんの不幸《ふこう》とおまえの不幸《ふこう》はちょっとちがうんだ、と説明《せつめい》した。レイチェル・コリンズにとっては、ふたりと暮《く》らすことが、小さすぎる靴《くつ》に足を押《お》しこむくらい、きゅうくつなことだったらしい。足を引きずって歩くのも、少しのあいだなら耐《た》えられる。だけど、足のいたみはしだいに強くなっていって、とうとう、このきゅうくつな靴《くつ》をはいたままあと一歩でも歩いたら足の指がちぎれてしまう、と思うほどになる。

ガーティは、足の指がなくても元気にやっている人はたくさんいるのに、と思った。だけど、ガーティがどう思うかは関係《かんけい》ない。レイチェル・コリンズは、とうのむかしにお父さんとガーティの人生から出ていって、ジョーンズ通りの、家のお手本みたいな家に住んでいる。庭にはりっぱなポプラの木まで生えている。そしていま、その庭のきれいにかりこまれた芝生《しばふ》には、サンシャイン不動産《ふどうさん》の看板《かんばん》が立っている。

看板《かんばん》の文字はまだ、**〈売り出し中〉**のままだった。

ガーティはほっと息をつき、スクールバスのシートにもたれた。

レイチェル・コリンズの家が売りに出されているのは、ひっこしをするからだ。ウォルターとかいう男の人と結婚《けっこん》するらしい。ウォルターは、子どもたちといっしょにモビールという町に住んでいる。ガーティの小さな町は、このところ、レイチェル・コリンズとウォルターのうわさでもちきりだった。

ふつうの子どもだったら、ぜったいにとりみだす。自分のお母さんがウォルターとかいう男の人と結婚《けっこん》して、このまま一生会えなくなるっていうのに、自分にはひと言も知らせてくれないなんて。だけど、ガーティは、そんじょそこらの子どもじゃない。

そう、ガーティは、一ミリもとりみださなかった。考えがあるからだ。ううん、考えなんかじゃない。ガーティには、ミッションがある。

ガーティはTシャツの上からロケットの感触《かんしょく》をたしかめ、これからやるべきことを、はじめからおさらいした。今日、最高《さいこう》の夏休みのスピーチをして世界一の五年生になったら、すぐにミッション第二号に取りかかる。ロケットを返しに、レイチェル・コリンズに会いにいくのだ。あの家の玄関《げんかん》にさっそうと現《あらわ》れるころには、ガーティはかがやくようにすばらしい子どもになっている。そして、くさりをつかんでロケットを差《さ》しだしながら、映画《えいが》スターみたいにさわやかな笑顔《えがお》でこういうのだ。はい、忘《わす》れ物《もの》！　そうすれば、レイチェル・コリンズはきっと、ガーティ・フォイが添加物《てんかぶつ》なしオーガニック栽培《さいばい》の百パーセント最高《さいこう》な子どもで、母親なんかちっとも必要《ひつよう》じゃないってことを、思い知るにちがいない。そう。あいにくガーティは、母親なんかいなくたって、ちっともかまわないんだから。

ガーティは、ひざにのせた箱を軽くたたいた。

「ウシガエルが入ってるの」ほかの子たちにはきこえないように、小さな声でジュニアに耳打ちする。

「すごい」ジュニアはそういいながら、ますます顔をくもらせた。「カエルがいるなら、スピーチ、ぜったい、いいとこまでいくよ」

ジュニアはスピーチが大の苦手《にがて》だ。パニックを起こしてよろめいたりふらついたりしながらまわりの机《つくえ》をけりたおし、みんなのすねに青あざをのこす。ガーティは、人前で話すのがとくいだった。バスルームの鏡《かがみ》の前で毎日練習してきたおかげだ。

「いいとこまで、っていうか、だんとつ一番になるつもり」ガーティは、きっぱりと宣言《せんげん》した。

＊＊＊

新しいクラスまで歩いていきながら、ガーティは、箱にあけた穴《あな》を手でふさいでしまわないように注意していた。

さわがしいクラスメートたちをかきわけながら、一番前の机《つくえ》に箱を置《お》く。ジュニアはとなりの席《せき》にバックパックを置《お》いた。まだ歩きつづけているみたいに、両腕《りょううで》をそわそわゆらしている。

ほかの子たちも、好《す》きな席《せき》をえらびながら、夏休みのあいだ会っていなかった友だちとしゃべったり、かべのロッカーに新学期用《しんがっきよう》の教科書をしまったりしている。えんぴつ削り器《けずりき》のところにいたジーン・ゼラーが、こっちをふりかえった。

ジーンはもうひとりの親友で、ガーティが知っている人のなかではばつぐんに頭がいい。ずっと前に、ロイ・コルドウェルたちのグループが、ジーンの名前をもじって〝天才女《ジーニアス》〟とからかったことがある。だけどジーンは、その呼《よ》び名がいたく気に入って、それからは、宿題の名前のところにジーニアス・ジーンと書くようになった。ジーンは、武器《ぶき》みたいにとがらせたえんぴつのさきから削《けず》りくずをふっと吹《ふ》きはらい、ガーティとジュニアのところへ歩いてきた。

「ぜんぶHBよ」ジーンは、片手《かたて》につかんだえんぴつの束《たば》をふってみせた。「やっぱり、えんぴつはHBでなくっちゃ。ふたりのは？」けげんそうな顔で、なにものっていないジュニアの机《つくえ》をみる。

「ええと」ジュニアは、かばんのチャックをあけて中をのぞきこんだ。「ふつうのやつ……？」

ジーンがあきれ顔になる。「かしてあげる。多めに持ってきたから」

それからジーンは、ひとつだけのこっていた一番前の席《せき》にすわった。ガーティのとなりだ。両どなりには親友。手には新品のえんぴつ。今回のミッションは、世界記録《きろく》なみのはやさで完《かん》了《りょう》するかもしれない、と思ったそのとき、ガーティの首のうしろをなにかがつついた。

「そこ、わたしの席《せき》よ」

3　グシャ！

ガーティの首のうしろをつついた指は、ほっそりしていた。爪《つめ》にはピンク色のマニキュアがぬってある。指の持ちぬしは、明るいブロンドの女の子だ。目は緑色で、くちびるはリップグロスでつやつやしている。

「きこえた？」女の子はまゆげをつりあげた。「そこ、わたしの席《せき》なの」

ガーティはねんのため、たしかめた。カエル入りのあ、あ、あたしの箱は、たしかに、あ、あ、あたしの机《つくえ》の上に置《お》いてある。そして、おもむろに答えた。「この席《せき》は、あたしのだよ」

「でも、わたし、今日きたから」女の子は腕組《うでぐ》みをすると、片《かた》ほうの足で床《ゆか》をたんたん踏《ふ》みならしながら、ガーティがどくのを待った。

クラスメートたちは、新しい靴《くつ》や髪型《かみがた》をみせあうのをやめて、新入りの女の子のほうをみた。

「でも、わたしたちは、前からいるから」ジーンがいって、自分も腕組《うでぐ》みをする。

女の子は、床《ゆか》を踏《ふ》みならしていた足を、ぴたっと止めた。

「ねえ、移動《いどう》しようよ」ジュニアがあせった顔でいいながら、ジーンと女の子をちらちらみた。「うしろの席《せき》にいけばいいよ。ほかの席《せき》でもいいし、ほら……だって……」

ガーティがにらむと、ジュニアの声は、干《ほ》しぶどうみたいにしぼんでいった。

「シムズ先生が、ここにすわっていいっておっしゃったの」女の子はとくいげにほほえんだ。「だって、転校生《てんこうせい》だもの。一番前にすわらなくちゃ、授業《じゅぎょう》についていけないでしょ」

転校生《てんこうせい》だから一番前にすわらなくちゃいけないなんて、そんなのはへりくつだ。ガーティにだって、一番前の席《せき》にすわらなくちゃいけない理由がちゃんとある。教室で映画《えいが》をみるとき、ほかの子たちの頭がじゃまになるところだ。ジーンだって、一番前の席《せき》が好《す》きだ。授業《じゅぎょう》中《ちゅう》に手をあげたとき、先生にまちがいなく気づいてもらわなくちゃいけない。ジュニア・ジュニアは一番前の席《せき》がだいきらいだけど、ガーティとジーンといっしょにすわりたいなら、がまんするしかない。

「ウソばっかり」ガーティはいいかえした。

「あら、ほんとうなのよ」

転校生《てんこうせい》は、ガーティのうしろにいるだれかにむかって、にこっと笑《わら》った。ガーティがふり返ると、赤いハイヒールをはいた足がみえた。思いきり上をみあげると、その人の顔がみえた。新しい担任《たんにん》のシムズ先生だ。先生は、肩《かた》ががっしりしていて、丸めがねをかけていて、あごにはえくぼがひとつあった。ガーティをまっすぐにみて、にっこりしている。子どもだましのウソっぽい笑顔《えがお》じゃなくて、友だちみたいな笑顔《えがお》だ。

「メアリー・スーは、授業《じゅぎょう》におくれたくないんですって。今日からこの学校へ通うことになったのよ」シムズ先生は、ガーティの肩《かた》に手を置《お》いてつづけた。「先生が、ここにすわるといいわ、といったの。一番前の列はもういっぱいだもの。ほかの席《せき》にうつってもらってもかまわない？」

もちろん、かまう。

だけど、新しい担任《たんにん》の先生には、ガーティがとびきり聞《き》き分《わ》けのいい子だと知っておいてほしい。実際《じっさい》そのとおりなのだから。聞《き》き分《わ》けがよくないのは、この転校生《てんこうせい》のほうだ。ガーティは、しぶしぶ靴《くつ》の箱に手をのばした。

「ありがとう、やさしいのね」シムズ先生は、かがやくような笑顔《えがお》でいった。

「ほんとに、どうもありがとう」転校生《てんこうせい》の女の子がいった。先生の前ではぶりっ子をするタイプの子だ。

「ガーティがうつるなら、わたしたちもうつる」ジーンがいって、HBのえんぴつの束《たば》をらんぼうにつかんだ。

ジュニアがとびあがる。あわてたはずみに、いすをうしろにけりたおした。

ガーティは、あごをつんと上げて転校生《てんこうせい》のわきをとおった。転校生《てんこうせい》が一番前の席《せき》をひとつ手に入れたって、こっちには親友がふたりいる。親友のほうが、席《せき》より千七百万倍もいいにきまってる。

転校生《てんこうせい》はガーティの席《せき》にすわると、服のそでで机《つくえ》のほこりをはらった。ガーティはうしろから、女の子の頭を思いっきりにらみつけてやった。

こいつ、席《せき》どろぼうだ。

女の子の正体がほかならぬ席《せき》どろぼうだったことがわかると、胸《むね》のもやもやは、かなりすっとした。席《せき》どろぼうめ——胸《むね》のなかで、自分にできるせいいっぱい意地悪《いじわる》い声で毒《どく》づいてみる。すると、もやもやはさらにすっとした。

「わたしは、ミズ・シムズです」新しい担任《たんにん》の先生は、ホワイトボードに自分の名前を書いて、マーカーのふたをカチッと閉《し》めた。「みなさんから、夏の冒険《ぼうけん》の話をはやくききたいわ」

シムズ先生は出席簿《しゅっせきぼ》をみた。「ロイ・コルドウェルくん、まずはあなたからおねがいできる?」

ロイは左腕《ひだりうで》にギプスをはめていた。もとは黄緑色だったらしいギプスは、びっしりかかれたマジックのらくがきで、ほとんど真っ黒になっている。骨折《こっせつ》なんて、絶対わざとだ。すごい夏休みのスピーチをするために。

ロイは教室の前に出てくると、ギプスを指さして話しはじめた。「どうして骨折《こっせつ》したのか話します。ある日、教育テレビをみてたんです。おれが選《えら》んだチャンネルじゃなかったけど。おれは勉強っぽいテレビなんか好《す》きじゃないし。勉強がとくいなのは負け犬だけだから」

ジーンが、きこえよがしに舌打《したう》ちをした。

「しずかに」シムズ先生が注意する。「最後《さいご》まできましょうね」

ロイはケガをしていないほうの手で髪《かみ》をかきあげ、ジーンをみてにやっと笑《わら》った。「それはともかく、その番組では、風船が宇宙《うちゅう》までとんでいくとどうなるのかって話をしてたんです。はれつして、こなごなになるんだ、って。だからおれは、人体実験《じんたいじっけん》をしてみることにしました。独立記念日《どくりつきねんび》の七月四日にスーパーにいって、風船をたくさんもらってきて、それから、ズボンのベルト通しのわっかに風船の糸を結《むす》びつけていったんです――」

「お母さまはなんとおっしゃったの？」シムズ先生がたずねた。先生だけはスピーチが終わるまえに発言《はつげん》してもいいらしい。

「母さんは、おれが外に出るだけでよろこぶんです。しょっちゅう、外の空気を吸《す》いなさい、っていってます。ええと、それで、風船をどんどん結《むす》びつけていくと、体がなんだか軽くなってきて……」

ガーティは耳をふさぎたくなってきた。ロイのスピーチはおもしろい。ううん、おもしろすぎる。カエルの箱を胸《むね》に引きよせて、軽くゆする。そのとき、ユアン・バックリーが、だいたんにもスピーチをさえぎった。

「ママにきいたけど、おまえが骨折《こっせつ》したのは階段《かいだん》から落ちたからだろ？」

「しずかに――」シムズ先生が声をあげる。

「だまれよ！」先生の声にかぶせるように、ロイがどなった。

教室が、水を打ったようにしずまりかえる。

「ロイ！」シムズ先生は、はじかれたように立ちあがった。

「すみません！ 先生にいったんじゃないんです」ロイの顔がみるみるうちに青ざめる――

ガーティは、青ざめるなんて、本のなかのことだけかと思っていた。「ユアンにいったんです！ おれ、おれ、おれ――」

「ロイ、席《せき》にもどりなさい。スピーチはもうけっこう」

「おれ、先生にだまれよなんて、いったりしません」ロイはひっしだ。

ガーティは息をはいた。自分でも気づかないうちに、息をとめていたらしい。これで、夏休みのスピーチコンテストから、ライバルがひとり脱落《だつらく》した。

「ガートルード・フォイさん」シムズ先生が呼《よ》んだ。

あちこちからくすくす笑《わら》いが起こる。

「ガーティです」ガーティは訂正《ていせい》して立ちあがり、教室の前にいってみんなのほうへむきなおった。「この箱には」まえおきなしで、いきなりはじめる。「カエルが入ってます」

くすくす笑《わら》いは、ぴたりとやんだ。

ガーティは、箱を転校生《てんこうせい》の子の机《つくえ》の上に置《お》いた。席《せき》どろぼうが、びくっとして、あわてて体を引く。カエルが箱からとびだして、頭をかみちぎるとでも思ってるみたいだ。

「このカエルは、どこからどうみたって死んでたんです。あたしは、科学《かがく》の未来《みらい》のために、カエルをうちのキッチンに運びこみました。そして、ふつうのキッチン道具をつかって、カエルを生きかえらせました。だから、この子は——」箱のふたをいきおいよくあけ、両手でカエルをつかんで高々とかかげてみせる。「——ゾンビカエルです」

カエルを目で追って、みんなの顔が上をむく。カエルは長い脚《あし》でガーティの腕《うで》をけっていた。緑がかった茶色い体が、窓《まど》からさしこむ日の光をあびてぎらぎらしている。

「すげえ、でかい」ユアンがいった。シムズ先生は、みごとなゾンビカエルにくぎづけになっていて、しずかにしなさい、と注意するのも忘《わす》れている。

ガーティは、スピーチをつづけた。「いつか、ほんものの研究所《けんきゅうじょ》をもてたら、死んだ人たちを生きかえらせるつもりです。フランケンシュタイン博士《はかせ》みたいに」

「そいつ、どれくらい死んでたんだ?」ユアンがたずねた。

ちゃんと説明《せつめい》したのに、きいていなかったらしい。「完《かん》ぺきに死んでた。ぴくりともしなかったんだよ」

ロイが腕《うで》を組んだ。「どうやって生きかえらせたんだよ?」

「ローストターキーにソースをかけるスポイトで」

ロイは天井《てんじょう》をにらみながらガーティの答えを検討《けんとう》し、しばらくすると、うなずいた。

「みせてくれよ」レオがいう。

ガーティは教室をねりあるき、命を取りもどしたカエルをみんなにみせてまわった。みんなが満足《まんぞく》したのをたしかめると、ゾンビカエルを箱にもどし、ふたに輪《わ》ゴムをかけた。

「ガーティ、ありがとう」シムズ先生はそういっただけで、とくに感想をいわなかった。だけどガーティには、先生がよろこんでいることがちゃんとわかっていた。

ミッション第一号の成功《せいこう》は、目の前だ。

ガーティのあとは、エラ・ジェンキンスが、おばあちゃんの家に遊びにいったときのことを話した。おばあちゃんの家なんて、ゾンビカエルの足元にもおよばない。

ジュニアのスピーチは、目をおおいたくなるくらいひどかった。「ええと」そういうと、今度は「そのう」といい、親指の爪《つめ》をかみながらうつむき、だまりこんだ。あんまり長いあいだだまっているから、クラスのみんなが笑《わら》いはじめ、ジュニアはますます小さくなった。

「夏休みはどこかへ出かけた？」シムズ先生が質問《しつもん》した。

ジュニアは顔をあげた。「海とかキャンプとかですか？」

「ええ、そうそう！」先生が笑顔《えがお》になる。

「いいえ」ジュニアは首を横にふった。「海にもキャンプにもいってません」

ロイが手の甲《こう》に口を押《お》しつけ、ブーッとブーイングの音を出す。ジュニアは、首まで真っ赤になった。

「夏休みは、ママの美容院《びよういん》にいました」ジュニアはそういったきり口を閉《と》じ、シムズ先生の顔をみたまま動かなくなった。口をあけさせるには、ペンチかなにかを使わないとむずかしそうだ。

「そうなの。話してくれてどうもありがとう」シムズ先生は、出席簿《しゅっせきぼ》に目を落とした。「メアリー・スー・スパイビーさん、つぎをおねがいできる?」

席《せき》どろぼうが前に出て、みんなのほうをむいた。

「メアリー・スーです。スピーチをするなんて知りませんでした。カリフォルニアの学校には、こういう習慣《しゅうかん》はないんです」

「カリフォルニアからきたのか?」レオがたずねる。

「ええ、ロサンゼルスから」メアリー・スーが答える。「パパは映画《えいが》監督《かんとく》なんです。ここへきたのは、パパがこの近くでジェシカ・ウォルシュの新作映画《えいが》を撮《と》るからです」

「ウソだろ?」ロイが声をあげた。おどろいたはずみに、ギプスが机《つくえ》にがちんと当たる。「ジェシカ・ウォルシュと友だちなのか?」

みんな、息をのんでまじまじとメアリー・スーをみつめている。ジェシカ・ウォルシュは有名人だ。ジェシカの名前がついたテレビ番組や、シールのピアスや、わたあめの香《かお》りがするシャンプーだってある。

メアリー・スーは、いすから身を乗りだしたみんなをみわたした。「ええ、まあ」そういって、肩《かた》をすくめてみせる。「パパはマーティン・ロリマー・スパイビー。ジェシカ・ウォルシュの映画《えいが》をたくさん作ってきた監督《かんとく》よ。アラバマで撮影《さつえい》することになって、わたしもいっしょについてきたの」ポケットから携帯電話《けいたいでんわ》をとりだしていじりはじめる。「ジェシカと撮《と》った写真があるわ」

学校で携帯《けいたい》を使うのは禁止《きんし》されているのに、シムズ先生はだまっている。それどころか、メアリー・スーのそばへ近づき、肩《かた》ごしに携帯《けいたい》をのぞきこんで声をあげた。「あら！　ほんとにジェシカだわ」

メアリー・スーは、みんなに携帯《けいたい》をまわした。

ガーティは、メアリー・スー・スパイビーが、アメリカ一有名な十二歳《さい》とならんでいる写真をちらっとみて、携帯《けいたい》をジーンにわたした。

「たのしいお話をたくさんきけそうね」シムズ先生がいった。「でも、つづきは今度にしましょう」

メアリー・スーのスピーチはおもしろかった。だけど、それはメアリー・スーのおかげじゃない。ジェシカ・ウォルシュのおかげだ。なのに、教室はざわざわしていて、みんな、いすの上でのびあがりながら、新入りの女の子をよくみようとしている。まるで、メアリー・スーが有名人みたいに。

「どうもありがとう」シムズ先生は、みんなのスピーチが終わるといった。「みなさんのことが、すこしだけわかったような気がするわ。それからメアリー・スー、初日《しょにち》だったからしかたがないけれど、携帯電話《けいたいでんわ》の電源《でんげん》は切って、帰るまでしまっておいてちょうだいね」

ガーティは、それをきいて胸《むね》がすっとした。

「それからガーティ」シムズ先生はつづけた。「さっきのりっぱなカエルだけど、休み時間のうちに、お外にはなしてあげたら？」

「え？」ガーティは、とっさに箱をつかんだ。「連《つ》れてかえって、この子が住んでたみぞにもどしちゃだめですか？」

「カエルにとっては、どっちでもおなじはずよ」シムズ先生は、なにかいおうとしたロイを、こわい顔でだまらせた。「新鮮《しんせん》な空気をすわせてあげなきゃ」

休み時間になると、ガーティはジュニアとジーンといっしょに、ゾンビカエルを連《つ》れて校庭の奥《おく》へいった。

ガーティは心配《しんぱい》だった。「帰り道がわからなかったらどうしよう。ぜったいこわいよ。知らない場所で、車にひかれちゃうよ。グシャ！　って」

ジュニアは身ぶるいした。

ガーティはとぼとぼ歩いていき、やがて、うっそうと茂《しげ》った木立《こだち》の手前で足を止めた。育ちすぎた木々のむこうには、学校の敷地《しきち》を囲《かこ》むたわんだフェンスがある。ガーティはひざをつき、カエルを地面に置《お》いた。

「ほんとに、りっぱなカエルだと思う」ジュニアは足元の草をけりながらいった。「シムズ先生、そういってたよ。りっぱだって」

シムズ先生が、ほんとうにそう思ってくれていたらいいのに。だけど、ほんとうにゾンビカエルが気に入ったなら、外にはなしてきなさい、なんていうだろうか。教室で飼《か》うことにして、クラスのマスコットやペットにしたんじゃないだろうか。ミッション第一号はあっさり成功《せいこう》すると思っていたのに、当てがはずれたみたいだ。メアリー・スーのスピーチのほうがよかった気がする。ぶっちぎりで一番になったことを百パーセント確信《かくしん》してからじゃなきゃ、ミッション第二号にはうつれない。

「バカみたい」ジーンがフェンスにもたれた。「あの子がちやほやされてるのは、転校生《てんこうせい》だからでしょ」〝あの子〟がだれのことかは口にしない。「あと、お金持ちだから。それと、お父さんがちょっと有名だから」

ゾンビカエルは、そわそわ動くジュニアの足をじっとにらんでいる。ガーティが軽くつつくと、カエルは木立《こだち》の中へとびはねていった。みごとなジャンプ。ガーティは、姿《すがた》がみえなくなるまで見送った。どうかあの子がほんとうにりっぱなカエルで、住みやすい場所までぶじにはねていけますように。

校庭のむこうには、小さな人だかりができている。輪《わ》のまんなかにいるのは、明るいブロンドの転校生《てんこうせい》だ。ひょっとすると、メアリー・スー・スパイビーは、ただの席《せき》どろぼうなんかじゃなくて、もっとやっかいなライバルなのかもしれない。

4　メアリー・スー・スパイビーってだれだい

家に帰ったガーティは、力まかせに網戸《あみど》を閉《し》めた。音を立てれば、レイおばさんが気づいて、おかえりをいいにくるだろう。ガーティは待った。ひとりぼっちで、だれもいないキッチンで。肩《かた》を落としてがっくりうなだれると、みじかいポニーテールの先がひたいにかかる。こうすれば、どんな人でも胸《むね》をいためるくらい、世界一かわいそうな子どもにみえるはずだ。だけど、だれもみにきてくれない。だれも、おかえりをいいにこない。

いつもなら、だれかが——仕事が休みのお父さんとか、レイおばさんとか、だれかが——玄関《げんかん》まで出てきて、どろんこの手を洗《あら》ってきなさいといったり、学校はどうだった？　ときいてきたりする。ところが、よりによって今日は、ガーティがいじわるな席《せき》どろぼうに人生をめちゃくちゃにされかけてノイローゼぎみになっているというのに、だれも出てこない。

ほんとうにガーティを愛《あい》しているなら、レイおばさんは、落ちこんでいることに感づいてくれるはずだ。犬だって、人間がこわがっているときや、地震《じしん》が起きそうなときや、エイリアンが地球にせめこんでくるときは、においをかぎつけるんだから。だからおばさんも、キッチンへかけつけて大声でたずねてくれなきゃいけない。「ガーティ、かわいそうに！　なにがあったんだい?」
ガーティは、レイおばさんの薄情《はくじょう》な仕打ちを、長い長い〝今日のいやなことリスト〟の最後《さいご》につけくわえた。ため息をつき、バックパックを引きずりながらキッチンを通りぬける。

リビングに入ると、オードリー・ウィリアムズがソファでさかさまになっていた。両足をソファの背《せ》にかけ、シートにのせた頭は、ふちから落ちそうになっている。

オードリーはいつも、幼稚園《ようちえん》がおわってお父さんとお母さんが仕事から帰ってくるまでの数時間、この家で過《す》ごす。いまは、『わが家は十一人』というドラマを夢中《むちゅう》でみている。これは、ダサい服をきた大家族が日がな一日愛《あい》してるよといいあうような話で、ガーティにいわせれば世界一つまらない。

「テレビはみちゃだめっていわれてるでしょ」ガーティはいった。テレビをみちゃいけないのはほんとうだ。それに、小さい子の世話をして、しかってみたりすると、おとなになった気分がする。

オードリーの瞳《ひとみ》のなかで、テレビのカラフルな光がちかちかしている。テレビを消すそぶりはみせない。

ガーティはため息をついてリモコンに手をのばした。ところがオードリーは、すばやくリモコンをつかみ、ごろんと転がるようにソファからおりた。つかまえようとすると、すばやく身をかわす。突進《とっしん》すると、ひらりと逃《に》げる。オードリーは、低《ひく》いテーブルの上にとびのり、かろやかにソファにとびうつった。

それから、さっきとまったくおなじ体勢《たいせい》にもどると、おなかにリモコンをのせてドラマのつづきをみはじめた。ガーティは息を切らせながらたずねた。「レイおばさんは？」

オードリーが、足で洗濯室《せんたくしつ》をさす。ガーティは、足を踏《ふ》みならしながらそっちへむかった。

「もう！　なんでこんなときにアイロンがけなんてできるの？」

レイおばさんは、アイロンをかけていたシャツから顔をあげた。「おやガーティ、帰ってたのかい」

「なんで気づかないの？　網戸《あみど》を思いっきりしめたのに」

「ほんとかい？　補聴器《ほちょうき》の具合が悪いんだろうね」平気な顔でうそぶいて、ガーティの絶望《ぜつぼう》にも、自分の冷淡《れいたん》さにも気づいていないみたいだ。

おばさんは、アイロンをかけたばかりのシャツをガーティにわたした。ガーティはため息をつき、シャツをふたつにたたんだ。

レイおばさんは、体をリズミカルにゆらしながらアイロンをかけつづけている。

ガーティはシャツをたたみ、またたたんだ。もう一度、ため息をつく。

レイおばさんはアイロンをかけつづけた。

「あたしのため息、きこえない?」レイおばさんは、めんくらった顔をした。「どうりで、今日はやけに息が荒《あら》いと思った。学校でなにかあったのかい?」

ガーティは、シャツをたたむのはやめにして、ぞうきんみたいにぎゅっとしぼった。「夏休みのスピーチをした」

「あんたのカエル、どうだった?」レイおばさんがたずねる。「みんな、生きかえったカエルなんかはじめてみたんじゃないかい?」

「ほかの子のスピーチのほうがよかった」

「まさか、そんなことあるもんかい」レイおばさんが、アイロンのコンセントを抜《ぬ》く。

「ううん、あたしより……りっぱだった。あたし、クラス一りっぱな子にならなきゃいけないのに」

「あんたはじゅうぶんりっぱだよ」レイおばさんは、ガーティの両手からシャツを引きぬくと、広げてたたみなおし、ほかの洗濯物《せんたくもの》といっしょにかごに入れた。

ガーティは、おばさんの言葉で元気を出そうとした。だけど、レイおばさんにりっぱだと思われるだけじゃ、だめなのだ。レイチェル・コリンズに証明《しょうめい》しなきゃいけない。「どうすればもっといい子になれる?」

「オードリーと遊んであげな。最近《さいきん》、どうも元気がないからね」

ガーティはうめいた。「だから、オードリーと遊ぶのはむりなんだってば。遊ぶなら同い年の子じゃなきゃ」これまで、レイおばさんには根気《こんき》よく説明《せつめい》してきた。五歳《さい》と十歳《さい》の子の共通点《きょうつうてん》は、まゆげがあることくらいなんだってば。「それに、あたしはもっと……もっと……もっと、なんていうか……」うまい言葉がみつからない。もどかしくて両腕《りょううで》を宙《ちゅう》に投げだし、ばたばたさせる。

レイおばさんは、だまってガーティをみている。

「メアリー・スー・スパイビーよりもいい子にならなきゃいけないの」ガーティは、ひと息にいった。

「メアリー・スー・スパイビーってだれだい」

「いじわるな席《せき》どろぼうの転校生《てんこうせい》」ガーティはよどみなく答えた。

「いい子かもしれないいじゃないか」今日のおばさんは、わからず屋になることに決めたらしい。

「ジーンもその子のことがきらいなんだよ」

「ジーンだって、天使《てんし》ってわけじゃないだろうに」おばさんが、かごをかかえて歩きだす。

ジーンが天使かどうかはどうでもいい。天使と友だちになりたいなんて思ったこともない。

だけど、どう説明《せつめい》したら、おばさんに、ジーンがすごく優《やさ》しい子だとわかってもらえるんだろう。ガーティは考えこみ、ああでもないこうでもないと頭をひねった。「でもね――」

「どうしてメアリー・ルー・スパイビーよりいい子になりたいんだい？」レイおばさんは、おしりでガーティの部屋のドアを押《お》しあけた。

「メアリー・**スー**・スパイビー」

「はいはい」レイおばさんが、洗濯物《せんたくもの》の小山をベッドの上におく。「で、どうしてその子よりいい子になりたいんだい？」

おばさんがミッションのことを知ったら、きっといい顔をしない。話がレイチェル・コリンズのことになると、きまってアレルギー反応《はんのう》をおこす。ガーティやお父さんがレイチェル・コリンズの名前を出すだけで、レイおばさんは腹立《はらだ》たしそうに小鼻《こばな》をふくらませ、フン！と鼻を鳴らしてソファから立ちあがり、猛然《もうぜん》と家のそうじをはじめるのだ。ほこりやすすが気《き》の毒《どく》になるくらいに。だからガーティは、ミッションの話はやめておこう、と決めた。

「シムズ先生に好《す》きになってほしいから。先生、あたしのことが全然好《ぜんぜんす》きじゃないみたいなんだもん」

レイおばさんについてリビングへいく。おばさんが、ソファの背《せ》から突《つ》きだしている足の裏《うら》をくすぐると、オードリーは悲鳴をあげて身をよじらせた。そのすきに、おばさんはすばやくリモコンをうばい、テレビの電源《でんげん》を切った。

「先生はあんたたち生徒《せいと》を同じだけ好《す》きだと思うけどねえ」

「みんなと同じなんてやだ。あたしを一番好《す》きになってほしい」

「じゃ、これでどう？　先生はあんたたち生徒《せいと》を同じだけ好《す》きだけど、あんたのことはとくべつお気に入りだと思うよ」

ところが、レイおばさんの見込《みこ》みはまちがっていた。

5　なんにも

ガーティは、映画《えいが》を一本撮《と》りおわるまで、ふつうはどれくらい時間がかかるのか調査《ちょうさ》した。結論《けつろん》――ものすごくかかる。ミスター・有名映画監督《えいがかんとく》・スパイビーは、この町に何カ月もいるらしい。

そこで、ガーティとジーンはひたいをつきあわせてアイデアを出しあい、メアリー・スーにミッションのじゃまをさせないためにはどうすればいいか、作戦《さくせん》をねった。ミッション第一号が失敗《しっぱい》したせいで、ミッション第二号はしばらくおあずけだ。最悪《さいあく》。待たされるのなんて大きらいだ。ガーティは、青いノートの一ページをまるまる作戦会議《さくせんかいぎ》に使うことにして、一番上にタイトルを書いた。**〈みっしょん　だい2ごう〉**。どうにかして、リップグロスをぬったすまし顔で五年B組の女王の座《ざ》についた、おそるべきメアリー・スーを追い出さなくては。そうすれば、ミッション第三号にとりかかり、ガーティは世界一の小学五年生になれる。それがすんだら、いよいよミッション第四号。ロケットを返しにいく時だ。

ところが、ミッション第二号のほうは、使えそうなアイデアさえ思いつかない。たとえば、メアリー・スーを、はるか遠い国にいる宣教師《せんきょうし》たちのところに郵便小包《ゆうびんこづつみ》で送って、イエス・キリストのやさしさを学ばせようと思っても、切手代はガーティとジーンふたりの一年分のおこづかいより高い。
それに、メアリー・スーの腹黒《はらぐろ》さをみんなに教えようとしても、まともにとりあってもらえない。メアリー・スーは、いまや学校一の人気者だった。いつも、ふだんのジェシカ・ウォルシュがどんな子なのか話してくれるからだ。ロイは夢中《むちゅう》できいっている。さらにメアリー・スーは、ガーティはカエルなんかさわってイボができないのかしら、なんて心配《しんぱい》していて、それをわざわざ声に出していうのだ。すると、クラスの子たちは、おなかをかかえて大笑《おおわら》いする。さらにメアリー・スーは、前にいた学校で自分がどんなに成績《せいせき》がよくてどんなに優等生《ゆうとうせい》だったか、こまかく説明《せつめい》する。シムズ先生はそれをきくと、優等生《ゆうとうせい》ってトーストの上でとろけるバターよりすてきよね、といいたげなうっとりした顔になり、それをみたジーンは、打倒《だとう》メアリー・スーの計画をどんどん過激《かげき》にしていった。

使えそうな計画をひとつも思いつかないまま、一週間がすぎた。帰りのスクールバスが家の前にとまり、道路へとびおりようとしていたガーティは、レイおばさんの車のとなりにトラックがとまっているのに気づいた。ぴたりと足がとまる。お父さんのトラックが家にあるということは、お父さんが家にいるということで、それって——。

「おじょうちゃん、日が暮《く》れるまでにはおりてくれるかい?」うしろで、運転手のおじさんの声がした。

ガーティは、荒《あ》れほうだいの庭を走った。背中《せなか》で、教科書をつめたバックパックがはねる。網戸《あみど》をあけるよりはやく、お父さんの声が家じゅうにひびきわたった。「ガーティがきたぞ! お宝《たから》をかくせ!」

お父さんがキッチンにあらわれる。

お父さんのフランク・フォイは、背《せ》が高くて、かっこいい。目は青くて、金歯が一本ある。

ガーティは、お父さんに抱《だ》きあげられると、首元に顔をうずめ、外の空気と、ベーコンと、うがい薬のにおいを胸《むね》いっぱいにすいこんだ。

「石油《せきゆ》プラットホームはどうだった?」ガーティはたずねた。

「最高《さいこう》だね」お父さんは、ガーティを床《ゆか》におろしてかがみ、ほうってあったバックパックをひろいあげた。「今日はどんなおおさわぎがあった?」お父さんは、学校でどんなことがあったかたずねるとき、きまってこういう。

「体育の授業《じゅぎょう》の時にジュニアの命をすくった。あと、シムズ先生が、アメリカ五十州《しゅう》の州都《しゅうと》をおぼえなさいっていった」ふつうのおとなが州都《しゅうと》なんかろくにおぼえていないことは、ガーティだってわかっている。郵便配達《ゆうびんはいたつ》の人にきいたら、七つくらいしか答えられなかった。

「ほう」お父さんは、キッチンの棚《たな》をあけ、クラッカーの箱とイワシのかんづめを取りだした。「ケンタッキーの州都《しゅうと》は？」

「まだぜんぶはおぼえてないんだ」ガーティは説明《せつめい》した。

「じゃ、どこの州都《しゅうと》ならいえる？」お父さんは、いい質問《しつもん》をしてくれた。これなら、おぼえた州都《しゅうと》をひろうできる。

ふたりでキッチンのテーブルについてクラッカーを食べながら、ガーティは、おぼえている州都《しゅうと》をみんないってみせた。しばらくするとお父さんは、首のうしろをさすりながら、話題をかえた。「レイおばさんにきいたんだが、転校生《てんこうせい》の女の子とひともんちゃくあったらしいじゃないか」小言《こごと》をいうときの口調《くちょう》だ。

ガーティは、はじかれたように立ちあがった。ゆったりくつろいで、めずらしくオードリーにもじゃまをされずにお父さんとおしゃべりできると思っていたのに、じつはお父さんは、ガーティをしかるタイミングをうかがっていたのだ。罠《わな》だったなんて。「ちょっとまって。あたしのいないところで、あたしの話してた？」

「ああ。お父さんたちは――」

「ひどい！　それ、陰口《かげぐち》っていうんだよ！」

「――おまえのことが心配《しんぱい》なんだ。いずれメアリー・ルーとも仲良《なかよ》くなれるさ。チャンスをあげてやりなさい」

どうして、レイおばさんもお父さんも、メアリー・スーがいい子だって決めてかかるんだろう。名前だってろくに知らないのに。「メアリー・スーだよ。あと、あの子はいじわるなんだ。お父さんもレイおばさんもメアリー・スーに会ったことないでしょ。だから、あの子の本性《ほんしょう》を知ってるのはあたしだけだよ」

「ほんとうに？」お父さんは、両眉《りょうまゆ》をひゅっとあげた。

「ほんとに」ガーティは、どすん、とすわりなおした。

お父さんが背《せ》もたれに体重をかけ、いすの脚《あし》二本を宙《ちゅう》に浮《う》かせる。「ほかにこまってることは？」

「なんにも」

お父さんが前に乗りだすと、浮《う》いていたいすの脚《あし》が、床《ゆか》にあたってがたんと音を立てた。

「あの家の――お母さんの家の庭の看板《かんばん》には気づいたかい？」お父さんは、一度両手に目を落としてから、ガーティをちらっとみた。

ガーティはうなずいた。

「なにかきいておきたいことはあるかい？」そうたずねるお父さんの声はたよりない。ほんとうは、なにもきかれたくないみたいだ。ガーティがなにかきいたら、なにか答えなくちゃいけないからだ。

ききたいことなら一、〇〇〇、〇〇〇、〇〇〇、〇〇〇、〇〇〇個《こ》あった。だけどお父さんは、まいごになったウシガエルにも負けないくらい、とほうに暮《く》れた顔をしている。「ううん」お父さんが、ほっと息をつく。「ひとつ、話しておくことがあるんだ。お母さんは結婚《けっこん》して、モビールにひっこすらしい」

「知ってる」

「おや」お父さんがけげんそうな顔をする。「知ってる？　だれにきいたんだい？」

ジュニアのお母さんはレイチェル・コリンズのおとなりさんの髪《かみ》を切っていて、おとなりさんがジュニアのお母さんにレイチェルが結婚《けっこん》することを話して、その話をジュニアがそばできいていて、それをジーンに話して、ジーンはすでに自分のお父さんからそのうわさをききかじっていて、レイおばさんも友だちとの電話で結婚《けっこん》のことをうわさしていて、おばさんはかくしているつもりだったけれど、ガーティはその会話を立ちぎきしていて、ぬすみぎきするのは仕方のないことで、なぜなら、レイおばさんがガーティのいないところで陰口《かげぐち》をたたいているとしたら、自分で調査《ちょうさ》しないかぎり、まるっきりかやの外に置《お》かれることになるからだ。

「まあ、ちょっとね」ガーティは、わざとなぞめいた返事をした。

「それで、だいじょうぶかい？」お父さんが優《やさ》しい声でたずねる。

もちろん、ガーティはだいじょうぶだ。

だけど……だけど、こんなのひどい。フランク・フォイくらいすてきなおとなを、ガーティはほかに知らない。スーパーに出かけると、カボチャやタマネギでお手玉《てだま》をしてくれる。よく、ほこりの甘《あま》いにおいがする、日に焼《や》けたペーパーバックを読んでいる。石油《せきゆ》プラットホームで大きいレンチ片手《かたて》にはたらいているから、たくましい腕《うで》をしている。こんな人といっしょに暮《く》らしていたのに、レイチェル・コリンズが幸せじゃなかったなんて、まちがっている。どこかのおじさんなんかとじゃなくて、レイチェル・コリンズは、お父さんとガーティといっしょに暮《く》らさなくちゃいけない。

ガーティは、レイチェル・コリンズにそう教えてあげるつもりだった。それにはまず、メアリー・スー・スパイビーをかたづけなくちゃいけない。

6　ノース・ダコタにごちゅうい

「アラバマの州都《しゅうと》はどこでしょう?」シムズ先生は、かんたんな問題からはじめた。

「モンゴメリー!」クラスのみんながいっせいに声を張《は》りあげる。

先生はほかの州都《しゅうと》をつぎつぎにきいていき、やがて、答えられるのはジーンひとりになった。

ジーンは十二個《こ》の州都《しゅうと》を全部答えた。先生が、バージニアとかミズーリみたいなむずかしい州《しゅう》を選《えら》んでいるのに、すらすら答えをいう。

「ジーニアス・ジーンだな」ロイが小声でいった。

ジーンは胸《むね》をはった。まじめな顔をつくっているけれど、ロイの言葉に口元がちょっとゆるんでいる。

「それじゃ――」シムズ先生が、教科書をみながらいった。「――ノース・ダコタの州都《しゅうと》は?」

ジーンは息をすって口をひらき、答えをいおうとした。ところが、言葉が出てこない。歯をかちんと鳴らして口を閉《と》じる。目がおよいでいる。みんながジーンをみている。

「ビスマーク」メアリー・スーの声がした。

シムズ先生が教科書から顔をあげる。「正解《せいかい》よ」

「州都《しゅうと》は去年覚《おぼ》えましたから」メアリー・スーはいって、片方《かたほう》の肩《かた》をすくめた。

「すげえ」ロイが教室のうしろから、ため息まじりにいった。「ほんもののジーニアスだ」

「神童《しんどう》ってやつだな」レオがいう。

ガーティのとなりの席《せき》で、ジーンがふるえている。ジュニアがふるえるのはウサギみたいにおびえるときだけど、ジーンがふるえるのは、かんかんに怒《おこ》って噴火寸前《ふんかすんぜん》の火山みたいになっているときだ。ジーンを勉強で負かした子は、これまでひとりもいなかった。学校一かしこい子なんだから。

なのに、メアリー・スーはジーンよりもかしこかった。メアリー・スーは、なにをさせても一番だ。ほんものの、世界一の小学五年生なんだ。そのくせ、こんなのふつうです、みたいな顔をしている。

なんでもいいから、だれかメアリー・スーを負かしてくれたらいいのに。あの席《せき》どろぼうが天才なんかじゃないってことを、だれかが証明《しょうめい》してくれたらいいのに。そのときガーティは、ある考えを思いつき、ポニーテールの結《むす》び目《め》をきゅっとしめ直した。

＊　＊　＊

ほかの子たちが帰りのバスや車へ走っていくのを横目《よこめ》に、ガーティは机《つくえ》の引き出しにつめこんであった教科書を全部出した。からっぽになった引き出しには、折《お》れたえんぴつのしんがいくつかと、校庭でひろってきた石のコレクションが転がっている。

ジュニアとジーンが、その様子をみまもっていた。

「探《さが》しもの?」ジュニアがたずねながらかがみこみ、からっぽの引き出しの中をのぞきこんだ。

「全部持ってかえって、家で読むんだ」ガーティは、教科書をバックパックにつめこんでいった。

「なんで?」ジーンが両手をこしにあてて、仁王《におう》立ちになる。

「五年生でおそわることを、先に全部勉強しとくんだ」ガーティは説明《せつめい》した。こんなこと、もっとはやく思いついとくんだった。「そしたら、先生が出す問題に全部答えられるから。今週の土曜と日曜でみんな勉強するつもり」

「ガーティが勉強?」ジーンがいう。

ガーティは、Tシャツの上からロケットの感触《かんしょく》をたしかめた。自分ならできる。なんだってできる。「うん。これもミッションの一部」そういいながら、青いノートをジーンにむかってふってみせ、声をおさえてつづけた。「メアリー・スーをやっつけるんだ」そして、世界一の五年生になる。これこそ、ひっさつの一撃《いちげき》。夏休みのスピーチで一番になることなんか、目じゃない。

「で、でも、そ、そんなの――」ジーンは、つっかえながらいった。「そんなのむりでしょ！」

「ううん、むりじゃない」ガーティは、バックパックに教科書をつめつづけた。ぜったいにむりじゃない。自分にはわかる。

「でも、でも……」ジーンは自分の教科書を一冊《さつ》つかむと、ふんぜんと教室を出ていった。ほかの子にぶつかっても、あやまりもしない。

ジュニアが、ないしょ話をするみたいに、ガーティの耳元でいった。「ジーン、ノース・ダコタのこと引きずってるんだよ」

ガーティは、ぱんぱんになったバックパックに、教科書をもう一冊押《さつお》しこんだ。机《つくえ》の上には、まだ本が何冊かのこっている。

「全部持ってかえるなんてむりじゃ――」

ガーティは、そういいかけたジュニアの胸《むね》に、理科の教科書を押《お》しつけた。ジュニアが、あわてて本を抱《だ》きとめる。

「それよろしく」ガーティは、のこった二冊《さつ》をこわきにかかえ、右手でバックパックを持ちあげた。「いこう。バスがいっちゃう！」

「勉強なんかきらいだったよね？」ジュニアがたずね、首をすくめてとんできたボールをよけた。ろうかで男の子たちがサッカーをしている。

「好《す》きでもきらいでもいいの！」ガーティは、先をあらそって外へ出ようとしているみんなの声に負けじと、声を張《は》りあげた。「だいじなのは、勉強で一番になること。クラスで一番かしこくなるつもり！」ガーティはバスに乗りこむと、わきへどいて、ジュニアを窓《まど》がわの席《せき》へとおした。「ぜんぶ勉強するんだ」ガーティには、ちゃんと考えがあった。「どうしよう、中学校まで飛《と》び級《きゅう》することになっちゃうかも」シートの背《せ》もたれに頭をあずける。まわりの子たちの大さわぎも耳に入ってこない。

ジュニアの声はくぐもってきこえた。おでこを窓《まど》に押《お》しつけているからだ。「そんなの最悪《さいあく》の作戦《さくせん》だよ」

聞《き》き捨《ず》てならない。ガーティは、がばっと体を起こした。ジュニアの肩《かた》をつかんで、ぐいっとこっちをむかせる。ジュニアは、しぶしぶガーティと目をあわせた。ガーティは、真剣《しんけん》そのものの低《ひく》い声でいった。「ジュニア・ジュニア、このあたしが、一度やるって決めたことをやりとげられないなんて、ほんきで思ってる？」

ジュニアは目をみはり、首を大きく横にふった。「そんなこと思ってない」ごくっとのどを鳴らす。「だけど……ジーンに勝とうとしなくたっていいんじゃない？　ジーン、絶対怒《ぜったいおこ》るよ」

「あたしは、メアリー・スーに勝とうとしてるんだよ。ジーンじゃなくて。わかる？」

ジュニアは答えない。

「ジーンだってメアリー・スーをやっつけたがってるんだし」

「でもさ……」

「いいからみてて。全部うまくいくから」

＊　＊　＊

ガーティは家にとびこんで網戸《あみど》を力まかせに閉《し》めると、レイおばさんがお帰りをいいにくるかどうか待ちもせず、キッチンでゆでたまごのからをむいていたお父さんのわきをかけぬけた。オードリーは、なべやフライパンをしまっている棚《たな》を引っかきまわしている。かけあしのまま、ソファのクッションをととのえているレイおばさんのそばを通りすぎた。

「話してるひまないんだ！　重要《じゅうよう》なミッションがあるから！」ガーティは大声でいって部屋に走りこむと、床《ゆか》に散《ち》らばったうすいマンガ雑誌《ざっし》の上をすべって、いきおいよくベッドにとびこんだ。

自分の部屋は世界で一番好《す》きな場所だ。くずかごの中にはシダの鉢《はち》植《う》えをかざってある。洋服だんすの上には地球儀《ちきゅうぎ》があるし、窓辺《まどべ》には、買ってもらった栽培《さいばい》セットで作ったボンサイ(盆栽《ぼんさい》)が置《お》いてある。天井《てんじょう》には、暗やみで光る星を一面にはっている。

ガーティは、バックパックからつづり方の教科書を引っぱりだすと、ひらいてまくらに立てかけ、ほおづえをついて単語《たんご》をにらみはじめた。いつもなら、単語《たんご》のつづりを勉強するのは、テストの前の晩《ばん》だ。こんなに余裕《よゆう》をもって勉強すると、単語《たんご》の見え方までちがってくる。次にならう単語《たんご》のつづりをみんな覚《おぼ》えてしまうと、時計をみた。勉強をはじめてから、まだ十二分しかたっていない。

あたし、一週間分のつづり方を、十二分で暗記《あんき》したんだ！　ガーティは感動した。ひょっとして、自分はもともと天才だったのに、そうとは知らずに生きてきたのかもしれない。これからは、勉強に人生をささげよう。ふたつか三つ、飛《と》び級《きゅう》することにしよう。十二歳《さい》で大学に入ろう。ミッション第二号はこれで決まりだ。〝メダルを勝ちとれ！　頭で勝負！〟

ガーティは、州都《しゅうと》の勉強にうつった。五百回ずつ――ううん、千回ずつ書く！　そう決めてえんぴつをにぎったその瞬間《しゅんかん》、ドアがきいっとあいて、オードリーが顔をのぞかせた。

「あっちいって」ガーティはいった。

オードリーはかまわず入ってきて、ベッドの真横《まよこ》に立つと、ガーティの顔をのぞきこんだ。

「リモコンがなくなっちゃった」

ガーティはしらん顔をつづけた。「ふうん」

顔にかかるオードリーの息は、オレンジジュースのにおいがする。「おままごとしない？」

「しない」

「あたしがママとパパとねことカローラの役《やく》をやるから、ガーティは赤ちゃんの役《やく》やって」

ガーティは、自分はもう大きいから赤ちゃんの役《やく》はできないのだと説明《せつめい》しかけて、思いとどまった。説明《せつめい》なんかはじめたら、ずっと相手をするはめになる。「いま、だいじな勉強してるんだ。遊んでるひまなんかない」

「あたしも、ちょっとお勉強していい?」

「だめ。あんたは勉強しちゃいけないことになってるの」

「なんで?」

「だって、まだ幼稚園《ようちえん》でしょ。幼稚園《ようちえん》は学校じゃないんだから」

「なんで学校じゃないの?」

「もう、うるさい!」このまま人生の説明《せつめい》をつづけていたら、いつまでたってもモンタナの州都《しゅうと》をおぼえられない。「『わが家は十一人』でもみてれば?」

「リモコンがないんだもん」

ガーティはえんぴつを乱暴《らんぼう》におき、ごろんとねがえりをうちながらベッドを下りた。「ほら、いくよ」

ふたりは、リモコンを探《さが》してソファのクッションの下をのぞき、テーブルというテーブルをみてまわり、靴下《くつした》の引き出しの中をたしかめ、洗濯機《せんたくき》のうらをみた。しばらくかかって、ようやくみつかった。レイおばさんは、リモコンをなぜか冷蔵庫《れいぞうこ》の上に置《お》いていた。そんなところにリモコンを置《お》くなんて変《へん》だ。キッチンにはテレビがないのに。

「リモコンはそこに置《お》いときな」お父さんが、道具箱をこわきにかかえてそばを通りすぎていった。「レイおばさんにも、なにか考えがあるんだろう」そういうと、網戸《あみど》をあけて外へ出ていった。

ガーティは腰《こし》に両手をあてて、冷蔵庫《れいぞうこ》の上をみあげた。

オードリーも腰《こし》に両手をあてて冷蔵庫《れいぞうこ》をみあげると、きいたこともないくらい芝居《しばい》がかった口調《くちょう》で、「んまあー、なんてこと！」とさけんだ。

ガーティはいった。「あたしのまねしてるつもり？　ぜんぜん似《に》てないよ。だって、そんな話し方じゃないもん」

オードリーは、はるか上のリモコンをみあげている。「あれじゃとどかない。しかたないから、おままごとしよっか。ね？」

ガーティは、流しのわきの調理台《ちょうりだい》によじのぼり、しんちょうに立った。冷蔵庫《れいぞうこ》の上に手をのばし、灰色《はいいろ》のわたぼこりにまみれたリモコンを取って、下にいるオードリーにわたす。それがすむと、ひと仕事終えたような気分になって部屋にもどった。

『モンタナの州都《しゅうと》はヘレナ。ヘレナ、ヘレナ、ヘレナ、ヘレナ……』ガーティは、ヘレナという文字を、ページいっぱいにびっしりと書いた。真っ黒になったページをしげしげとながめ、モンタナの州都《しゅうと》の名前が脳《のう》みそのしわのあいだにしっかり納《おさ》まっているかどうか検討《けんとう》する。ヘレナというのはすてきな名前だ。ひょっとして、シムズ先生の名前もヘレナだったりするのかもしれない。

「ガーティ・リース、部屋にこもってなにしてるんだい?」お父さんがドアをノックした。

ガーティは、またしてもじゃまが入ったことにうんざりして、ベッドにつっぷした。

「レイおばさんから話があるらしいぞ」お父さんの声がつづく。

たしかに、レイおばさんはお父さんのおばさんだ。だけど、お父さんが〝レイおばさん〟と呼《よ》ぶと、ガーティはいつも変《へん》な感じがする。おとながおとなをおばさんと呼《よ》ぶなんて。お父さんだっておじさんなのに。

「ガーティ、オードリーにリモコンをわたしちゃだめじゃないか」レイおばさんの声がした。

「レイおばさん!」ガーティははねおきて、ベッドの上に立った。「勝手に入らないでよ!」

「入るよ」

レイおばさんが、うるさそうに手をふる。「あんた、またなにかたくらんでるね?」歩きながら、つま先で床《ゆか》の上のマンガ雑誌《ざっし》をどかす。

「アインシュタインはじゃまなんかされなかったのに！」ガーティはどなった。

お父さんがレイおばさんの背中《せなか》ごしにたずねた。「それで、なにをしてるんだい？」

「なにって、勉強だよ。あたし、天才になるんだから」

レイおばさんは、ベッドの上に散《ち》らばった教科書に気づいて、目をぱちくりさせた。「おやまあ。ほんとに勉強してるよ」ガーティの顔をみて、もう一度教科書をまじまじとみつめる。夢《ゆめ》じゃないかとあやしんでいるみたいだ。夢《ゆめ》じゃないことをしっかりたしかめると、もう一度目をしばたいた。お父さんをふりかえって、肩《かた》をすくめる。「感心じゃないの」腰《こし》をさすってつづけた。「あとはあんたにまかせるよ」

おばさんは部屋を出ていく前に、またしてもけげんそうな顔で肩《かた》ごしにふりかえった。「あんた、ほんとうになにもたくらんでないだろうね？」

「もう！　勉強くらいで大さわぎしないで！」

＊　＊　＊

ガーティの勉強は、寝《ね》る時間がくるまでつづいた。お父さんが『宝島《たからじま》』を一章読み聞かせしてくれたあと電気を消して出ていくと、起きあがって、懐中電灯《かいちゅうでんとう》の明かりをたよりにまた教科書をひらいた。土曜日は朝からずっと勉強した。州《しゅう》と州都《しゅうと》をノートに書きうつし、理科の用語を暗記《あんき》し、算数の問題を解《と》き、しまいには、右手がえんぴつをにぎった形のままかたまり、ぺこぺこのおなかは猛烈《もうれつ》にうなり、目は文字と数字をみすぎたせいでかすみ、頭はずっとおもりをのせていたみたいにずっしりと重かった。それでも勉強をつづけ、気づけばねむりこんでいた。

夢《ゆめ》のなかでは、ロイ・コルドウェルがため息まじりにこういうのだった。すげえ、ガーティ・フォイって天才かよ——いいや、神童《しんどう》だな。

7 神童

「ガーティ」

天才、ガーティ。

「ガーティ」

「しんどう、ガーティ」ガーティはむにゃむにゃいった。

「ガーティ！」

うーんとうめきながら、『たのしい読みかた　五年生』の六十三ページから顔をあげる。いつのまにか、教科書をまくらにしてねむっていたみたいだ。

レイおばさんがガーティの足をゆさぶっている。「教会の礼拝《れいはい》があと二十分ではじまるんだよ」

「勉強しなきゃ」ガーティは、のびをしながらいった。

「いいや、教会が先だよ」

ミッションをやりとげるガーティのねばりづよさは、レイおばさんゆずりだ。おばさんが人生をかけてとりくんでいるミッションは、ふたつ。ひとつは、ねらったセール品をのがさないこと。もうひとつは、日曜日にかならずガーティを教会へ引きずっていくこと。

ガーティは、今日のところはかんしゃくを起こさないでおこう、と心にきめ――じつをいうと、ひと息つけるのでほっとしていた――、鼻歌をうたいながら教会用のとっておきのワンピースを頭からかぶり、目にかかった髪《かみ》を吹《ふ》きはらった。そして、鼻歌をうたいながらシダの鉢植《はちう》えに水をやった。キッチンにかけこむと、また鼻歌をうたいながら片足《かたあし》で床《ゆか》をたんたん踏《ふ》みならし、お父さんとレイおばさんに、礼拝《れいはい》をやっつけにいく準備《じゅんび》ができたことを知らせた。

「あんた、車に引きずられてきたみたいななりだね」レイおばさんが首を横にふる。

ガーティは肩《かた》をそびやかし、もっといせいよく鼻歌をうたった。気分は上々だ。車に引きずられてきたみたいにみえたって、ぜんぜんかまわない。教科書を全部読みとおすことはできなかったけれど、それでも、かなりたくさん読んだ。頭のなかには、これまでにないくらいたくさんの知識《ちしき》がつまっている。明日学校へいったら、どんな質問《しつもん》にだって答えられるにちがいない。

「まあ、すてきなお天気」ガーティは、妖精《ようせい》のおひめさまになった気分でいいながら、車のうしろの席《せき》にすわって、シートベルトをしめた。

レイおばさんが鼻を鳴らし、スカートのゴムのウエストをぐいっと引っぱりあげる。

お父さんは助手席《じょしゅせき》に乗った。レイおばさんがハンドルをにぎり、けわしい顔で時計をにらむ。

ガーティは気づかないふりをしていた。いつものレイおばさんなら、遠回りをして教会へいく。だけど、ガーティがねぼうして時間がない日は、しぶしぶ近道をつかう。ジョーンズ通りをいく道だ。

レイおばさんは舌打《したう》ちをして、車をバックさせながら道路へ出た。

車が、家のお手本みたいなあの家の前にさしかかると、ガーティは明かりのともった部屋や、私道《しどう》にとまった車をながめた。サンシャイン不動産《ふどうさん》の看板《かんばん》はガーティよりも大きいし、太陽がダンスしているイラストがついているから、いやでも目にとびこんでくる。だけど、レイおばさんは看板《かんばん》に目もくれなかった。お父さんもまっすぐに前をむいていた。

ファースト・メソジスト教会はりっぱなレンガづくりの建物《たてもの》で、通りをはさんだむかいには宗派《しゅうは》のちがうファースト・バプティスト教会がある。ガーティとジーンはいつも、ファースト・メソジストの階段《かいだん》で落ちあい、ジュニアがファースト・バプティストへ入っていくのをみとどける。ジュニアは、こっちもそっちとおなじくらい退屈《たいくつ》だよというけれど、いつも、ふたりより十分はやく礼拝《れいはい》をかたづけて出てくることができる。

ジーンはもう階段《かいだん》についていて、ガーティをみるなりたずねた。「どれくらい進んだ?」

ガーティは階段《かいだん》の一番上にすわると、レンガの上で両足をぱたぱたさせた。「たくさん」あとは秘密《ひみつ》だ。

ジーンが眉《まゆ》をよせる。「どれくらい、たくさん？」

「『たのしい読みかた　五年生』を半分くらいと、算数を四章までと、理科を二十ページと、あと社会もちょっと」

ジーンは腕《うで》を組み、まるい柱にもたれた。頭の中でそろばんをはじいているらしい。計算がすむと、口をひらいた。「週末《しゅうまつ》だけでメアリー・スーよりかしこくなるなんて、むちゃよ。教科書を読めばいいってもんじゃないの。かしこくならなきゃ」

ガーティは、両足をぴたりと止めた。「かしこいもん！」

「わかってるわよ」ジーンはうるさそうに片手《かたて》をふった。「でも、得意分野《とくいぶんや》がちがうでしょ。あんたが得意《とくい》なのは勉強じゃない」

いいかえそうとするガーティをさえぎって、ジーンはいった。「きたわよ」

ジュニアと両親が駐車場《ちゅうしゃじょう》を小走りに走り、階段《かいだん》をかけあがっていく。パークス一家はいつもちこくする。

「いち」と、ジーン。

「に」と、ガーティ。

「さん」同時にいって、ふたりは大声を張《は》りあげた。「**ヘイ、ジュニア・ジュニア！**」

通りのこちらがわにいても、ジュニアがうれしそうに顔をくしゃっとさせるのが、はっきりみえた。ぎょっとして顔をしかめているのかもしれないけれど、どっちなのかはわからない。パークスおばさんが手をふってくれる。ガーティとジーンは教会へ入った。なかは、礼拝《れいはい》がはじまるまでうわさ話に夢中《むちゅう》な人でいっぱいで、ざわざわしている。

「あと、勉強とあんたのミッションは関係《かんけい》ないと思うけど」ジーンは、さっきの話にもどった。「なにかで一番になるんじゃなかった?」

「そうだよ。だから、一番勉強ができる生徒《せいと》になるんだ」

「そんなのむり。勉強はわたしのおはこ。ジュニアのおはこは心配《しんぱい》すること。あんたのおはこはうるさくすること。勉強はわたしの得意分野《とくいぶんや》よ」

「あたし、うるさくなんて——」そういいかけたとたん、そばにいる女の人が、うるさいわよ、とくちびるに指をあてた。「あたしが得意《とくい》なのは、うるさくすることだけじゃないもん」

ガーティは、思いきり声を小さくしていった。

ジーンはなだめるような口調《くちょう》になった。「わたしはただ、いい成績《せいせき》をとるのは簡単《かんたん》じゃないっていいたいだけ。どうせ、がっかりするって」そういうと、肩《かた》をすくめてみせた。

ぴたりと足をとめたガーティは、うしろから急ぎ足で歩いてきた牧師《ぼくし》さんにぶつかりそうになった。ジーンは小走りに家族のもとへむかい、こっちをふりむこうともしない。

ガーティは、ふんがいしていた。ジーンは、メアリー・スーを打ち負かすのはむりだといいたいのだ。追いかけていって、あたしはやると決めたことはやるんだ、知ってるでしょ？　とわめいてやりたかった。だけど、ジーンのお母さんのゼラーおばさんは、教会ではガーティをよせつけようとしない。おぎょうぎがよくないと思われているからだ。ゼラーおばさんは、となりの席《せき》に置《お》いてあったハンドバッグをどけて、むすめをすわらせた。ジーンは、かたくなに前をむいている。

ガーティのおはこが〝うるさくすること〟だなんて、どういうつもりだろう。これまでは、まあ、たしかに、秀才《しゅうさい》タイプじゃなかった。だけど、だからこそ、ガーティはかしこくならなくちゃいけないのだ。新しい人間に生まれかわって、レイチェル・コリンズに会いにいくのだ。

ガーティは、ゆっくりと、お父さんとレイおばさんがすわっている席《せき》へ歩いていった。そして、小声でつぶやいた。「神童《しんどう》になってやる」

8 ごくじょうの口当たり

ガーティがミッションをとちゅうで投げだしたことは、一度もない。どんなにむずかしいミッションだって、ぜったいにあきらめない。誕生日《たんじょうび》に学校のカフェテリアで七色のジャムをぬったトーストを出してもらう、というミッションだって、最後《さいご》にはやりとげた。あれは、ものすごくむずかしかった。ロイの一輪車《いちりんしゃ》をこっそり借《か》りて乗る、というミッションだって、うまくやりおおせた。あのときだって、まわりからは、むちゃだと止められたものだ。今回だって、あきらめるつもりはない。

「サウス・カロライナの州都《しゅうと》はどこでしょう?」シムズ先生が問題を出した。

ガーティがシュッと手をあげるのと同時に、となりのジーンが、ガッツポーズをするみたいにこぶしを宙《ちゅう》につきあげた。ガーティは手を限界《げんかい》までのばして、ジーンのこぶしより一センチ高くした。

シムズ先生が顔をあげる。「じゃ、ガーティ」

「コロンビアです」

「ジョージア州《しゅう》は?」

ジーンは手をあげながら、さりげなくガーティの腕《うで》を押《お》しのけた。ジュニアは、ふたりが火花をとばしあう横で、すくみあがっている。

「はい、ジーン」シムズ先生があてた。

「アトランタです」ジーンはにこっと笑《わら》って答えた。

シムズ先生は、ハワイの州都《しゅうと》をたずねて顔をあげ、ガーティとジーンが相手より一ミリでも高く手をあげようと半分腰《こし》を浮《う》かせているのをみると、まゆを吊《つ》りあげて教室をみわたした。

「ほかには?」

「ホノルルです」メアリー・スーの声がひびいた。

ガーティは、がくっと手を下ろした。ジーンが歯ぎしりをする。

国語の時間になると、みんなで『たのしい読みかた　五年生』をひらいた。いま読んでいるのは、アヒルの一家の世話をしている女の子の話だ。アヒルたちはどこへいくときも、よたよた歩きで女の子のあとをついていく。

「ロイ、読んでくれる?」シムズ先生がいった。

ロイは、ギプスに落書きするのに夢中《むちゅう》で、顔もあげない。「ううん、やめときます。せっかくですけど」

「ロイ!」シムズ先生が怒《おこ》った声になる。

ロイはいすの上ですわりなおし、教科書を読みはじめた。声が少しずつ小さくなって、顔がどんどん赤くなっていく。先生は、ロイのうしろの子につづきを読ませた。ガーティは、いすから落ちそうなくらい前のめりになって、自分の番がくるのを待ちかまえた。前にいる子たちの数と、教科書の段落《だんらく》の数をかぞえて、自分がどこを読むのか見当をつける。

「はい、ガーティ。つづきを読んでくれる?」

ガーティはせきばらいをして、大きく深呼吸《しんこきゅう》をした。それから、はっきりとした大きな声で読みはじめた。お父さんも、読み聞かせをしてくれるときは、こんなふうに読んでくれる。ガーティは、一度もつかえずに読みつづけた。

段落《だんらく》がひとつ終わっても、ガーティは、しらん顔で読みつづけた——こっそりつぎの段落《だんらく》まで忍《しの》びこむつもりだ。ところが、シムズ先生はだまされなかった。

「ありがとう、ガーティ。つぎはジュニアにおねがいするわ」

一番最後《さいご》のメアリー・スーは、予想どおりの読み方をした——すごくじょうずだ。ガーティよりも、ジーンよりも、大きくて、はっきりとした声。シムズ先生は、二ページも読ませた。メアリー・スーは、まるまる二ページも読ませてもらったのに、ガーティはたったの一段落《だんらく》しか読ませてもらえなかった。一段落《だんらく》なんて、二センチくらいしかない。あっちは二ページ、こっちは二センチ。

ガーティはメアリー・スーの頭のうしろをにらみつけた。どうして世界には、読みかたがうまくて、髪《かみ》がブロンドで、くちびるはリップグロスでつやつやで、芸能人《げいのうじん》の友だちがいて、一番前の席《せき》にすわれる子がいるんだろう。どうして自分は、そういう子じゃないんだろう。

ジーンがひじでガーティのわき腹《ばら》をこづいた。「ほらね」教科書をしまいながら、小声でいう。「いったでしょ?」

「週末《しゅうまつ》が二回必要《ひつよう》なだけだもん」ガーティはいいかえした。

シムズ先生が、プリントを整理しながら、みんなに声をかけた。「だれか、事務室《じむしつ》に書類《しょるい》を届《とど》けてくれない?」その瞬間《しゅんかん》、ガーティは、ミッションのことも、メアリー・スーのことも、ジョーンズ通りのことも、なにもかも完全《かんぜん》に忘《わす》れた。

ガーティは、稲光《いなびかり》のようなはやさで手をあげた。いきおいあまって、おしりがいすから完全《かんぜん》に浮《う》く。

シムズ先生が顔をあげるころには、教室の全員が手をあげていた。

「先生、おれ、いきます!」ユアンがめがねを鼻の上に押《お》しあげながらいった。

ジュニアは一度まっすぐに手をあげ、そろそろともどし、もう一度あげ直した。選《えら》んでほしいけど、先生の注意を引くのはこわいのだ。

事務室《じむしつ》の受付《うけつけ》にいるワーナーさんには、スイスに住むいもうとがいる。その人が、いつもワーナーさんに、最高《さいこう》においしいスイスのチョコレートを送ってくれるのだ。チョコレートは、金色の包《つつ》み紙《がみ》にひとつずつくるまれていて、ワーナーさんのデスクに置《お》かれたガラスのボウルのなかに入っている。生徒《せいと》が先生のおつかいで事務室《じむしつ》にいくと、ワーナーさんが、ボウルからひとつくれるのだ。

キャロル小学校の生徒《せいと》はみんな――一度も食べたことのない子も――、ワーナーさんのチョコレートこそ、世界一おいしいチョコレートだと知っている。おいしさの秘密《ひみつ》は、チリチリ音を立てる金色の包《つつ》み紙《がみ》だという子もいるし、まんなかのチョコクリームだという子もいる。口の中でとろけるチョコレート。完《かん》ぺきになめらかな丸い形。

「あのチョコレートは、ごくじょうの口当たりなんだ」ロイは、なんだかよくわからない言葉でチョコレートの味を説明《せつめい》してみせた。金色の包《つつ》み紙《がみ》のはしっこにだってさわったこともないのに。ロイが事務室《じむしつ》にやられるのは、校長先生にしかられるときと決まっている。

シムズ先生は教室をみわたした。視線《しせん》が、ガーティの上でとまる。

おねがい、おねがい。ガーティは心の中でいのった。事務室《じむしつ》へおつかいにいく役《やく》は、一度もやらせてもらったことがない。たったの一度も。ずっと前からのあこがれだ。チョコレートをもらって、ごくじょうの口当たりを味わうためだけじゃない。ガーティがどんなにみごとに事《じ》務室《むしつ》へおつかいにいけるか、ぜひともひろうしたい。ガーティは、めいっぱい腕《うで》をのばした。

おねがい！

「ガーティ、おねがいできる？」

奇跡《きせき》だ。シムズ先生が、おつかいを頼《たの》んでくれた。ひとりで事務室《じむしつ》までいってほしい、と頼《たの》んでくれた。ほかならぬガーティに。

がっかりしたほかの子たちが、いっせいに手をおろす。ガーティは席《せき》を立った。シムズ先生は、ガーティのことがほんとうに好《す》きなのかもしれない。すくなくとも、きらわれていないことだけははっきりした。もうすぐ、チョコレートをもらえる――金色の包《つつ》み紙《がみ》にくるまれたチョコレートを、〝学校で〟食べられる。だいじなのはそこだ。チョコレートをとくべつおいしくしているのは、そこなのだ。

みんなの視線《しせん》をあびながら、ガーティはシムズ先生のデスクに歩いていった。

「先生」だしぬけにメアリー・スーが声をあげた。「うちの家政婦《かせいふ》さんが、わたしのアレルギーのおくすりを学校に届《とど》けてくれてるはずなんです。持ってくるのを忘《わす》れちゃって」

先生はおどろいた顔で、ガーティからメアリー・スーに視線《しせん》をうつした。

「わたし、おくすりを事務室《じむしつ》に取りにいかなくちゃいけないんです」メアリー・スーは、ちらっとガーティをみた。

ガーティは上機嫌《じょうきげん》だったので、メアリー・スー・スパイビーのためにアレルギーのくすりを取りにいってあげるくらい、ちっともかまわなかった。席《せき》どろぼう、いいって。あんたのアレルギーのくすりも取ってきてあげるから。あたしはやさしいし、チョコレートももらえるし。

「あたしが取ってきてあげる」ガーティはメアリー・スーにいって、シムズ先生にむきなおった。「くすりも取ってこられます。あたし、なんだってできます」

ロイが鼻を鳴らす。

「わたし、おくすりは自分で取ってきたほうがいいと思うんです」メアリー・スーがいった。

「そうねえ」シムズ先生は考えこみながらいった。「おくすりは、メアリー・スーが自分で受けとったほうがいいかもしれないわね」

ガーティは青ざめた。

〝おくすりは、メアリー・スーが自分で受けとったほうがいいかもしれないわね〟？　それじゃまるで、ガーティがくすりを取ってこられないみたいだ。とんでもないヘマをしでかすみたいだ。

「メアリー・スー、これを事務室《じむしつ》に持っていってちょうだい。そのついでに、ワーナーさんにおくすりが届《とど》いてるかどうかきけばいいわ。ガーティ、おつかいはまた今度おねがいできる？」

ガーティは、しばらくかかってようやく、事態《じたい》をのみこんだ。おつかいはいかなくていい、といわれているのだ。がっかりして、胸《むね》がずきずきする。口の中にはもうスイスのチョコレートの味がしているのに。だけど、チョコレートはもらえない。たぶん、これからもずっと。もし、〝今度〟がなかったら？　シムズ先生が書類《しょるい》を事務室《じむしつ》へ届《とど》けなくちゃいけない日が、二度とこなかったら？

「先生たちって、いっつも女子におつかい頼《たの》むよな」ロイが文句《もんく》をいった。

メアリー・スーは立ちあがり、いすをきちんと机《つくえ》の下にもどすと、書類《しょるい》を受けとりに先生のところへ歩いていった。

レイおばさんの見込《みこ》みははずれていた。先生は生徒《せいと》たちを同じだけ好《す》きなんかじゃないし、ガーティのことは、とくにきらいなんだ。

メアリー・スーが教室を出ていく。ドアを閉《し》める寸前《すんぜん》、メアリー・スーは、ガーティのほうをちらっとふりかえり、完《かん》ぺきな歯並《はなら》びをみせてにやっと笑《わら》った。ガーティは、いそいでまわりをみまわした。だけど、いまの笑《え》みに気づいたのは、自分ひとりらしい。

ガーティは深呼吸《しんこきゅう》をひとつすると、席《せき》まで歩いてもどった。ひざがふるえている。シムズ先生は授業《じゅぎょう》のつづきにもどった。だけど、ガーティの耳にはなにひとつきこえてこない。頭の中は、メアリー・スーの不敵《ふてき》な笑《え》みでいっぱいだ。

あの席《せき》どろぼうは、ガーティががっかりしているのを知っていたみたいだった。がっかりさせようとして、あんなことをいいだしたみたいだった。まるで、ガーティのミッションのことを知っていて、じゃましてやったことをよろこんでいるみたいな笑《わら》いかただった。

事務室《じむしつ》からもどってきたメアリー・スーの手に目をやると、金色の包《つつ》み紙《がみ》がちらりとのぞいていた。ガーティは、いよいよ先生の話がきこえなくなった。


休み時間になると、メアリー・スーは、ジュニアとガーティとジーンのそばへきて、ブランコに乗った。エラ・ジェンキンスとジューン・ハインドマンがついてくる。

「わたし、チョコレートはかまないの」メアリー・スーはそういうと、スイスのチョコレートを口の中にほうりこんだ。「口の中でとかすの」

ガーティは、メアリー・スーから顔をそむけ、親友ふたりにむきなおった。「ぜったい、わざとだよ。シムズ先生があたしを事務室《じむしつ》にいかせようとしたから、いきなりアレルギーのくすりがどうとかいいだしたんだ。アレルギーなんかないくせに」

「あのぶりっ子め」ジーンも、首を横にふりながらいった。

またジーンと意見があうようになって、ガーティはうれしかった。ジーンとジュニアは、いつだってミッションに力をかしてくれる。釣具店《つりぐてん》でエサのコオロギたちを逃《に》がしてやったときも、店主のウィンストンさんの気をそらしてくれたのはジーンだった。ガール・スカウトの資《し》金《きん》集めのクッキーを売らなきゃいけなかったときだって、ジュニアが助けてくれた。もしジュニアがお母さんを説得《せっとく》して美容院《びよういん》のお客さんたちに売らせてくれなかったら、ガーティはクッキーを半分も売れなかった。

ジュニアがこっちをむいて、にこっと笑《わら》った。「ぼくも、あの子好《す》きじゃない」

打倒《だとう》メアリー・スーの方法《ほうほう》はきっとある。三人で力をあわせれば、きっとうまくいく。

9　クリプトン星に生まれるのはむり

　ジョーンズ通りの、家のお手本みたいな家の庭に突《つ》っ立《た》ったまま、サンシャイン不動産《ふどうさん》の看《かん》板《ばん》は日ましに色あせていった。ポプラの葉は黄色くなり、一枚《まい》また一枚《まい》と、日めくりカレンダーのように落ちていった。ガーティのお父さんは石油《せきゆ》プラットホームへはたらきにいき、しばらくするともどってきて、そしてまたはたらきにいった。メアリー・スーの人気は高まるいっぽうだった。ある日の午後、ガーティは、スクールバスでジュニアの話をきいていた。バスが角を曲がって、ジョーンズ通りに入っていく。そのとき、先のほうにあるレイチェル・コリンズの家の前で、おとなが何人かかたまって立っているのがみえた。

　ジュニアは話しつづけている。「スーパーマンみたいにクリプトン星に生まれるのはむりだよ。だけど、放射能《ほうしゃのう》をあびたクモにかまれてスパイダーマンになる、ってのはありえる」

　レイチェル・コリンズの庭に目をこらすと、蝶《ちょう》ネクタイをしめた男の人が、家をながめている女の人ふたりに、身ぶりをまじえながらなにか説明《せつめい》していた。

「スーパーマンみたいに強くなりたいってねがったって、むりなんだ。だけど、スパイダーマンにはなれるかもしれない。時々、放射能《ほうしゃのう》をあびたクモがいないかな、って探《さが》すんだ……」

蝶《ちょう》ネクタイの男の人も、ふたりの女の人も、はじめてみる顔だ。

「けど、かむなら寝《ね》てるときにしてほしいな。クモなんかみたら、ぼくぜったい……」

ガーティは身を乗りだして窓《まど》に張《は》りつき、庭に立った三人のおとなをじっとみた。バスが家の前にさしかかる。そのとき、玄関《げんかん》のドアがあいて、女の人が出てきた。「ウソでしょ」

あの人だ。

これまでずっと、ガーティは、レイチェル・コリンズとのささやかな思い出のかけらを、ひとつずつ集めてきた。ほかの人たちが、ティースプーンや、ブレスレットのチャームや、ジェシカ・ウォルシュのアクションフィギュアを集めるみたいに。

ガーティは小さいころ、レイおばさんの机《つくえ》の引き出しをあさっていて、たまたまロケットをみつけた。おばさんは知らないふりをしたけれど、それはレイチェル・コリンズのものだった。レイおばさんは、ガーティにロケットをみせたくなかったみたいで、すぐに机《つくえ》の引き出しにしまいこんでしまった。だけど、何日かあとにガーティがだまってロケットを持っていっても、なにもいわなかった。

お父さんは、ガーティの質問《しつもん》ぜめにとうとう折《お》れて、トラックでジョーンズ通りの家へ連《つ》れていってくれた。あのときは、歩道にとめたトラックのなかで、ピーナッツバターを塗《ぬ》ったクラッカーを食べながら、ふたりでレイチェル・コリンズの家をながめた。「ここがあの人の家だ」お父さんはいった。

こんなこともあった。ある日、スーパーで買い物カートを押《お》していたレイおばさんが、いきなり足を止めた。ガーティが顔をあげると、通路のはしに、レイチェル・コリンズがいた。むこうも、ガーティとレイおばさんに気づいて、穴《あな》があくほどガーティをみつめた。一瞬《いっしゅん》、手をふろうとするようなそぶりをみせたけれど、あげかけた手をきゅっと握《にぎ》っておろし、買い物カートを押《お》して足早《あしばや》に立ちさった。カートの車輪《しゃりん》がかん高い音を立てていたのを覚《おぼ》えている。

「いまの、あの人?」あのときスーパーの通路で、ガーティはたずねた。どうしてわかったのか、自分でも不思議《ふしぎ》だった。だけど、それが当然《とうぜん》だったのかもしれない。自分の母親は、みればわかるようにできているのだ。

「ああ、あの人だよ。こっちだってこの町の住人《じゅうにん》なのに、忘《わす》れちまってたみたいだね」レイおばさんは首をふりながら、ひとりごとみたいにつづけた。「はっきりいってやらなくちゃ。ちっぽけなスーパーであたしたちと出くわすのがいやなら、お上品なケツをあげてひっこせばいいさ。あたしゃ、特売《とくばい》のひき肉をあきらめるつもりはないよ」

スクールバスは家を後にして走りつづけ、レイチェル・コリンズたちの姿《すがた》はどんどん小さくなっていった。ガーティは窓《まど》に顔をおしつけた。息でガラスがくもる。首を思いきりのばして、どうにか、もう一度だけでもレイチェル・コリンズをみようとした。そのとき、バスが角を曲がり、家は完全《かんぜん》にみえなくなった。

ガーティは、ぎゅっと目をとじた。まぶたのうらに、いまみたばかりの光景《こうけい》が浮《う》かんでくる。レイチェル・コリンズが入り口の階段《かいだん》をかけおりてきて、にこやかにほほえみながら、女の人たちのほうへ歩いていく。ガーティは、その一瞬《いっしゅん》の光景《こうけい》を、母親との思い出のコレクションにくわえた。取っておくのは、べつに、だいじだからじゃない。だいじなんかじゃない。しょっちゅう取りだして、ていねいにみがいて、またしまい直す。そんなことのために取っておくわけじゃない。ただ、ちょっとひろって、しまっておくだけ。それだけだ。

「いまの人たち、家をみにきたのかな」ジュニアが、かたい声でいった。

ガーティは、びくっとした。ジュニアのことも、バスにいるほかの子たちのことも、完全《かんぜん》に忘《わす》れていた。「あの人たち、あの家を買ったりしないよね？」ガーティはまだ、ジュニアの前に身を乗りだして、窓《まど》に顔を押《お》しつけていた。

「さあ」ジュニアはそう答えながら、首まで赤くなった。顔にかかったガーティの髪《かみ》を、ふっと吹《ふ》きはらう。

「看板《かんばん》みた？　売り出し中って書いてた？　それとも……売れました、って書いてた？」

「売り出し中、だったと思う」

ガーティは体を起こし、シートにどさっともたれた。ジュニアは、きんちょうでもしているみたいに、Tシャツで手の汗《あせ》をぬぐった。時間がなくてあせっているのはガーティのほうなのに。

「だいじょうぶ」ジュニアは、ガーティの考えを読んだみたいにいった。「すごいことをやってのけるチャンスはまだある。お仕事しょうかいの日がくるし」

「お仕事しょうかいの日？　なにそれ」ガーティは、とがった声でいった。

「プリントもらったよね？」

「プリント？　なにそれ。プリントなんかもらってないけど」ガーティはちょっとうれしかった。かんたんに言葉にできる怒《いか》りをはきだすと、胸《むね》がすっとする。だいじなプリントを自分だけもらってないなんて、どう考えたってひどい！　シムズ先生は、プリントをみんなにくばって、ガーティにだけくれなかったにちがいない。きっと、お仕事しょうかいの日に、ガーティが活躍《かつやく》するのがいやなんだ。なんてひどい先生！　ガーティは怒《いか》りをたぎらせた。心ゆくまで腹《はら》を立てるのはいい気分だった。

「プリントはみんなもらったよ」ジュニアがいう。

前の席《せき》にいた一年生の男の子が、こっちをふりかえった。「ぼく、もらってない」

「そりゃそうだよ。もらうのは五年生。五年生は全員プリントをくばられたんだ」ジュニアが答える。

「全員じゃない」ガーティはいった。「だって、あたしはもらってないもん」いせいよくバックパックをあけて、中をごそごそあさる。「そんなの、まちがってるでしょ？」

「うん、だけど――」

「それって、いじわるでしょ？」ジュニアにも、シムズ先生はガーティにだけひどい仕打ちをしている、といってほしかった。実際《じっさい》、そうなのだ。

「うん、だけどさ――」

そのとき、『たのしい読みかた　五年生』と、ほかの教科書のあいだに、プリントの残《ざん》がいらしきものがみえた。ぐしゃぐしゃになって、オレンジ色のねばねばした液体《えきたい》がべっとりついている。

「それじゃないかな。お仕事しょうかいのプリント」ジュニアがいった。

プリントの文字はオレンジ色のべとべとにかくれて読めなかったから、ジュニアが内容《ないよう》を教えてくれた。五年生は全員、おとなをひとり学校に連《つ》れてきて、その人のお仕事をしょうかいすることになっていた。おとなたちの話をきいて、大きくなったらなにになるか考えましょう、という時間らしい。なんてすてきな集まり。ガーティは胸《むね》を高鳴らせた。

「ガーティって、人前で話したり、みんなに注目されるのが好《す》きだよね」ジュニアはいった。

「すごいスピーチをしたら、そのときのことを話題にできる。そしたら、ほめてもらえるんじやない？　ガーティのママにさ」ジュニアは真剣《しんけん》な顔でいった。

ガーティは、ジュニアにずいっと顔をよせた。「あの人にほめてもらいたくなんかない。目《もく》的《てき》はそんなんじゃない。目的《もくてき》は、あたしがすごい子だって教えることなんだから」

「あ、そうだよね」ジュニアはうなずいた。「うん、そうだよね」

＊＊＊

家に帰ったガーティは、ベッドに直行《ちょっこう》してあおむけにねころがった。天井《てんじょう》の星がぼんやりと光っている。ロケットを首からはずし、目の上でゆらゆらさせる。

お父さんは石油《せきゆ》プラットホームへいってしまったから、お仕事しょうかいの日に、お父さん本人が学校へやってくることはできない。だけど、それはかまわなかった。むしろ、そっちのほうがいいくらいだ。こうなったからには、ガーティがひとりで、お父さんの仕事をしょうかいするスピーチをやってみせる。ガーティは、有能《ゆうのう》な、自立《じりつ》した女性《じょせい》なのだから。

お父さんは、一度はたらきにいくと、海のまんなかにある石油《せきゆ》プラットホームで二週間すごす。必要《ひつよう》なことは、全部そこですませる。はたらいて、食べて、ねむって、なかまとテレビゲームまでする。それからもどってきて、家で二週間すごす。お父さんが家にいる二週間は天国みたいだ。お父さんはガーティに会うとおおよろこびして、抱《だ》きあげて空中でくるくる回してくれる。だけど、二週間がすぎると、またプラットホームへもどっていく。危険《きけん》な仕事だから、あそこではたらくにはすごく勇敢《ゆうかん》じゃなくちゃいけない。きつい仕事だから、すごく強くなくちゃいけない。石油《せきゆ》プラットホームの仕事は、世界一変《か》わっていて、とくべつなのだ。だから、お仕事しょうかいの日は、ガーティのスピーチがだんとつでおもしろいにきまっている。ひとつだけ……ひとつだけ不安《ふあん》なのは、メアリー・スーが、映画監督《えいがかんとく》のお父さんを連《つ》れてくるかもしれない、ということ。

だけど、きっとだいじょうぶ。前むきに考えなくちゃ。

ガーティは、青いノートを出して、新しいページの上に**〈みっしょん　だい3ごう〉**と書いた。

シムズ先生は、ガーティの天才的《てんさいてき》なスピーチをきいて、舌《した》をまくにちがいない。ほかの先生たちにもきかせるかもしれない。そうしたら、先生たちは口々に声をあげるだろう。すばらしい！　あの堂々《どうどう》とした話しぶり！　なんという声！　なんという独創性《どくそうせい》！　おどろくべき子どもも！

10　つぎに話してくれる方？

「一発《いっぱつ》かましてやんな、ベイビー」翌朝《よくあさ》ガーティは、レイおばさんの声を背中《せなか》できながら、網戸《あみど》をあけて外へとびだした。

かわいた落ち葉をいせいよく踏《ふ》んで走り、バスのステップにとびのる。右手にはスピーチの原稿《げんこう》を、左手にはトゥインキーをにぎりしめ、事件《じけん》が待ちうけているとは夢《ゆめ》にも思わず、いつものように通路を走る。運転手のおじさんが、ようじをかみかみ、いぶかしそうな顔でバックミラーをのぞいているのにも気づかなかった。まわりのざわめきも、ほとんどきこえていなかった。

ところが、いざいつもの座席《ざせき》についてみると、足に急ブレーキがかかって、テニスシューズがゴムの床《ゆか》の上でキュッと音を立てた。ジュニアが、胸《むね》の前で腕《うで》を組んでいる。みたこともないような満面《まんめん》の笑《え》み。ガーティは、目をみはった。そのときようやく、まわりのざわめきがきこえてきた。

「あれ、なんだよ？」

「なんであんなことしたの？」

「あいつ、退学《たいがく》になるぞ――」

ジュニアの髪《かみ》が、みちがえるほどすごいことになっている。両わきは刈《か》りあげているけれど、まんなかの髪《かみ》だけは、はえぎわからえりあしまでのこっていて、ジェルで立たせてあった。

「これ、〝激流《げきりゅう》ヘア〟って髪型《かみがた》なんだ」ジュニアがいった。

ガーティはすわった。髪《かみ》の毛《け》をこんな形にできるなんて、思ったこともなかった。髪型《かみがた》ひとつで、こんなにもいろんな感情《かんじょう》が胸《むね》のなかにわきおこるなんて、考えたことさえなかった。

ジュニアの新しい髪型《かみがた》をみていると、世界じゅうにむかって指を鳴らしながら、ジャズシンガーみたいにかっこいい歌をうたいたくなった。なんてすてき。ローラースケートで歩道の継《つ》ぎ目《め》の上を通るときに鳴る、かたん、という小気味《こきみ》いい音みたい。冷凍庫《れいとうこ》から出したばかりの、白いしもにおおわれたぶどう味のアイスキャンデーみたい。むかいにいる人のサングラスに、自分の顔が小さくうつっているのに気づいたときみたい。

「さわってもいい?」ガーティはたずねた。

ジュニアは首まで赤くなってうなずいた。

ガーティは息をとめ、つんつん立った髪《かみ》の上で、そっとてのひらをすべらせた。うっとりと息をはく。「うわあ。ジュニア、これって……」

「いいだろ」ジュニアは、みたこともないくらいうれしそうな顔だ。「ゆうべママがやってくれたんだ。今日、スピーチのときに、みんなにみてもらえるから」

激流《げきりゅう》ヘアはとびきりすてきだった。こんなにすてきなものがこの世にあるなんて。完敗《かんぱい》だ。太陽が雲にかくれて、世界から色がなくなってしまったみたいな気がする。ガーティは、なんとかジュニアの髪《かみ》から目をそらし、前の座席《ざせき》の背《せ》もたれに書かれた落書きをゆっくりと指でなぞった。ガーティがどんなにおもしろいスピーチをしたって、激流《げきりゅう》ヘアにはかなわない。だけど、相手がジュニア・ジュニアなら、しかたがない。ジュニアは、つんつん立った毛先の感《かん》触《しょく》を、注意深く両手でたしかめている。ガーティは、がんばって笑顔《えがお》をつくると、親友の肩《かた》をたたいた。

「スピーチ、ぜったいうまくいくよ」できるだけ明るい声でいった。ジュニアのスピーチが一番になるためにも、どうかメアリー・スーが、お父さんと映画《えいが》スターを連《つ》れてきたりしませんように。

教室へ入っていくと、みんながわっとジュニアを取りかこんで、髪型《かみがた》を近くでみようとした。どんなに間近《まぢか》でみたって、激流《げきりゅう》ヘアをみあきることなんてありえない。一度みたら、目がはなせない。新しい髪型《かみがた》にみんなの目が釘付《くぎづ》けになっているのをみて、シムズ先生はジュニアを教室の一番うしろにすわらせた。そうしないと、授業《じゅぎょう》にならないからだ。

ひとりめのおとなの人が到着《とうちゃく》すると、みんなはそわそわし出した。しばらくすると、シムズ先生は授業《じゅぎょう》をつづけるのをあきらめて、ガーティたちが、教室に入ってくるお父さんやお母さんたちにあいさつするのを許《ゆる》してくれた。

ジーンのお父さんのゼラーおじさんは、背中《せなか》に〈ゼラー社カーペット・クリーナー〉と書いてある会社の制服《せいふく》を着ていた。両手をポケットにいれて、先生がかべに貼《は》った〝がんばったボード〟をながめている。ジーンが宿題でもらった金の星をかぞえているのかもしれない。

ガーティは、やってきた保護者《ほごしゃ》の人たちをみまわして、だれがどの子の親なのか見当をつけた。有名な映画監督《えいがかんとく》らしくみえる男の人を探《さが》していると、上品な色のパンツスーツを着た背《せ》の高い女の人が、おとなたちが集まっている教室のうしろから、メアリー・スーに手をふった。

その瞬間《しゅんかん》、ガーティは確信《かくしん》した。今日の主役はジュニアだ。そして、準《じゅん》主役は自分。ほんとうは主役がいいけれど、ジュニアのためならあきらめられる。

みんなの希望《きぼう》で、最初《さいしょ》に話すのは、ジュニアとパークスおばさんになった。ふたりが教室の前に出る。パークスおばさんは、ガーティにウインクしてくれた。やせっぽちで心配性《しんぱいしょう》のジュニアとパークスおばさんは、ちっとも似《に》ていない。おばさんはぽっちゃりした美人で、いつもおっとりほほえんでいる。ジュニアはそわそわしてつま先をこすりあわせているけれど、顔はにやけていた。

「わたしは、ジュニアのお母さんです」パークスおばさんが自己《じこ》しょうかいしたけれど、もちろん教室にいるみんなは知っている。小さいころから、髪《かみ》を切るときはかならずパークスおばさんのところにいくからだ。「美容師《びようし》をしています。美容師《びようし》は、すごくたのしいお仕事です。だって、こういう――」おばさんは、クイズ番組のごうかな賞品《しょうひん》をみせる人みたいに、ジュニアの頭を両手でさした。「髪型《かみがた》を作れるんですから」

ジュニアはポケットに両手をつっこんだ。

パークスおばさんがつづける。「たったの十五ドルで、みなさんの髪《かみ》も、激流《げきりゅう》ヘアにしてさしあげますからね」

クラスメートたちが息をのむ。ガーティは、レイおばさんが十五ドルくれますように、といのった。

おとなの人たちは、困《こま》った顔で首を横にふっている。

パークスおばさんは、にっこりほほえんだ。「じゃ、くわしい話は休み時間に」そういうと、ジュニアといっしょに、もとの場所にもどった。

ガーティたちは拍手《はくしゅ》をして、こぶしで机《つくえ》をばんばんたたいた。ひとつだけ、たしかなことがある。メアリー・スー・スパイビーが弱点《じゃくてん》なしの優等生《ゆうとうせい》だとしても、お仕事しょうかいのスピーチでジュニアを負かすことだけはできない。

ほかの人たちの話は、パークスおばさんとはくらべものにならなかった。ジューンのおばさんは歯科衛生士《しかえいせいし》で、歯ブラシとフロスをみんなにくばると、ちゃんと使わなかったら歯医者さんで会うことになるわよ、といった。ロイのお父さんは数字の話をなにかしたけれど、ロイにもよくわからないみたいだった。そして、メアリー・スーの番がきた。母親のスパイビーさんといっしょに、教室の前に立つ。

「みなさん、こんにちは」スパイビーさんが話しはじめた。

「パパとジェシカ・ウォルシュが映画《えいが》の話をしにきてくれるんじゃないか、ってみんな期待してたと思います」メアリー・スーがいう。「でも、パパはすごく忙《いそが》しくて――」

スパイビーさんは、娘《むすめ》の肩《かた》に腕《うで》をまわした。「わたしは、自然保護《しぜんほご》ロビイストをしています」

クラスのみんなはいっせいにうなずいたけれど、自然保護《しぜんほご》ロビイストが何者なのか知っている子はひとりもいなそうだった。ガーティは、森と、雲と、ホテルのロビーを思いうかべていた。

スパイビーさんは、みんなのあいまいな表情《ひょうじょう》に気づいたみたいだ。「わたしたち自然保護《しぜんほご》ロビイストは、政治家《せいじか》の人たちとはたらいています。政治家《せいじか》の人たちに、環境《かんきょう》をまもる法律《ほうりつ》を作ってください、と頼《たの》むんです。空気や海をきれいにするためにね」

また、クラスのみんながうなずく。なるほどね、いいんじゃない？　激流《げきりゅう》へアには負けるけど、それも悪くないと思うよ？

「スパイビーさん、いまはどんな活動をされているんですか？」シムズ先生がたずねた。

「ここへ越《こ》してきてからは、沖合《おきあい》の石油《せきゆ》プラットホーム問題に取り組んでいます。みなさんも、海のまんなかにある石油《せきゆ》プラットホームは知っているでしょう？　いまは、あれをなくすための活動をしているところなんです」

いきなり、ジーンがガーティの腕《うで》をつかんだ。なにする気？　とでもいいたそうな顔で、目を丸くしている。ガーティは、きょとんとしてまわりをみまわし、ようやく合点《がてん》がいった。自分でも気づかないうちに、いすをうしろへ引き、立ちあがろうとしていたらしい。ジーンが止めてくれなかったら、ほんとうに立ちあがっていたはずだ。立ちあがり、そして……そして……そして、なんだろう？　教室をとびだしてもよかった――堂々《どうどう》と外へ出てやるのだ。それとも、教室であばれまわって、目に入ったものを片《かた》っぱしからけっとばしてやるのも悪くない。どうすればいいのかわからずに、ガーティはいすにすわったまま、じっとしていた。

りっぱな石油《せきゆ》プラットホームを頭に思いうかべる。プラットホームは柱《はしら》に支《ささ》えられ、海のまんなかに浮《う》かんでいるみたいにみえる。あれをなくしたいだなんて、どういうつもりだろう？　あんなにかっこいいのに。ガーティは、お父さんがあそこではたらいているのが、ずっとじまんだった。大きくなったら、自分もあそこではたらこうと思っていた。

スパイビーさんの話は終わらない。「あのプラットホームは、魚や海に悪い影響《えいきょう》をあたえているんです。わたしたちの住む地球をよごしていて――」

教室のうしろできいていたパークスおばさんが、しきりに、きこえよがしのせきばらいをした。シムズ先生が、しずかにしてください、といいたげな顔でパークスおばさんをみる。

スパイビーさんは話しつづけた。「だからわたしは、議員《ぎいん》の人たちと話して、新しい石油《せきゆ》プラットホームが建《た》てられないようにする法律《ほうりつ》を作ろうとしているところです。いずれは、いまあるプラットホームも取りこわされるでしょう」

目の前で話しているスパイビーさんの声が、みょうに遠くきこえる。メアリー・スーのお母さんは、石油《せきゆ》プラットホームは悪いものだ、といっている。取りこわしてやりたい、といっている。メアリー・スーのお母さんが石油《せきゆ》プラットホームを取りこわしてしまったら、ガーティのお父さんは仕事がなくなって一日中ぼんやり家で過《す》ごし、しだいに元気がなくなっていき、ガーティたちはお金がなくなって、オードリーのお世話代としてわたされる小銭《こぜに》だけで生活していくしかなくなり、そのうち食べる物もなくなって、ガーティは一日中からっぽのおなかをかかえて過《す》ごすことになるだろうし、それはかまわないけれど、お父さんもおなかがへるだろうし、レイおばさんもおなかがへるだろうし……。

クラスのみんなが、いすの上でそわそわしはじめた。ガーティのお父さんが石油《せきゆ》プラットホームではたらいていることは、みんな知っている。知らないのはメアリー・スーと、ロビイストの母親だけだ。それとも……メアリー・スーも知っていたんだろうか。知っていて、わざと、お仕事しょうかいの日に母親を連《つ》れてきたんだろうか。

クラスメートたちがちらちらこっちの様子をうかがって、ガーティと目が合う前に目をそらす。ジュニア・ジュニアは、こおりついたみたいに、ぴくりともしない。

ジーンが、机《つくえ》の下でガーティの足を軽くけった。「ガーティ」

ガーティは、そっちをみた。

「あんたの番よ」くいっと首をかしげ、教室の前をさす。

席《せき》を立っても――いよいよだというのに――、ガーティは自分がなにをするつもりなのかわからなかった。全身に闘志《とうし》がみなぎって、かみなり雲になったみたいな気分だった。厚《あつ》くどす黒くふくらんで、はしのほうでは稲光《いなびかり》がぱちぱち光っている。そして、とうとう、かみなりが落ちた。ガーティはホワイトボードに突進《とっしん》した。くるっとふりむき、クラスメートとおとなたちにむきなおる。

ジーンは身を乗りだしすぎて机《つくえ》の上でうつぶせになっている。ロケットみたいに教室をつっきって、ガーティのとなりへとんできそうだ。ジュニアは下をむき、みないふりを決めこんでいる。両手で頭をかかえこみ、せっかくの激流《げきりゅう》ヘアがぺしゃんこだ。ガーティは、全力で書いてきたスピーチの原稿《げんこう》をちらっとみた。よれよれの小さな文字は、自分でも読めない。

「あたしのお父さんは、石油《せきゆ》プラットホームではたらいています」ガーティは話しはじめた。胸《むね》をはり、スパイビーさんをキッとにらむ。「石油《せきゆ》プラットホームがきらいな人たちもいます。そういう人たちは、ろびすとが好《す》きなんです」ろびすとの発音が合っていますように。「でも、石油《せきゆ》プラットホームがなかったら、石油《せきゆ》がとれません。石油《せきゆ》がなかったら、ガソリンもなくなって、車を……救急車《きゅうきゅうしゃ》をつかえなくなります」

スパイビーさんが気まずそうにまばたきをする。だけど、ガーティは、がんとして目をそらさなかった。

「救急車《きゅうきゅうしゃ》をつかえなくなったら、もし家で大けがをしたって、病院にはこんでもらえません」ガーティは、スパイビーさんから教室のみんなに視線《しせん》をうつした。メアリー・スーが、こっちをにらんでいる。「だから、石油《せきゆ》プラットホームではたらいている人たちは、あたしたちの地球をまもっているんです」

水を打ったようなしずけさのなか、ガーティは、思いきりすまして自分の席《せき》にもどった。前をみると、メアリー・スーが机《つくえ》の上でこぶしをにぎりしめていた。

沈黙《ちんもく》をやぶったのは、パークスおばさんだった。肩《かた》をそびやかし、拍手《はくしゅ》をはじめる。ジーンもいっしょに手をたたいた。ロイも二回手を鳴らす。ただし、こっちは笑《わら》い声《ごえ》つきだ。

シムズ先生が、こほんとせきをして、頼《たよ》りない声でたずねた。「あの、つぎに話してくれる方？」

11　がんばったわね

暗雲《あんうん》立ちこめる〝お仕事しょうかいの日〟がすんでしまうと、ガーティは、これでメアリー・スーのことはかたづいた、と思った。席《せき》どろぼうも、あれでこりたにちがいない。

やっと、ほんとうにだいじなことに集中するときがきた。レイチェル・コリンズに、ガーティこそは、キャロル小学校一すばらしい生徒《せいと》だと証明《しょうめい》するのだ。ところが、つぎの月曜日、スクールバスをおりたガーティは目をみはった。メアリー・スーとエラが、校舎《こうしゃ》のかべにチラシをはっている。正面のかべは、ピンクと黄色の紙でほとんどおおわれていた。

ガーティは、手近のチラシを読んだ。**〝かんきょうクラブ　メンバーぼしゅう〟**。その下には、こんな文章がならんでいる。**〝ウソにだまされないで。石油《せきゆ》プラットホームのしんじつをまなびましょう〟**

ガーティは、チラシをまじまじとみつめた。メアリー・スーのやつ、あたしをウソつき呼《よ》ばわりするつもり？　ガーティは、バックパックをせおいなおすと、ふたりのほうへ突進《とっしん》した。

「ちょっと、あんた――あんたたち――」あんまり腹《はら》が立って、なにから話しはじめればいいのかわからない。「あんたたち、なにしてんの？」ガーティは、どすのきいた声を作っていった。

　メアリー・スーとエラは、しらん顔を決めこんでいる。

「ウ、ソ、ってなんのこと?」ガーティはつめよった。「し、ん、じ、つ、ってどういう意味?　あたしの話は、全部しんじつだよ!」

　メアリー・スーが、はあっとため息をつく。「あなたがあんなスピーチをしたのは、なんにもわかってないからよ。ほんと、バカなんだから」口をきゅっと一文字にむすぶ。「ここにも、一枚《まい》はるわ」エラに指示《しじ》を出し、ひとさし指でかべをつつくと、らんぼうにテープをちぎった。

　エラがチラシを一枚《まい》さしだす。

　ガーティは、マラソンでもしてきたみたいに肩《かた》で息をしながら、バックパックの肩《かた》ひもをにぎりしめた。くるっときびすを返すと、おおまたで校舎《こうしゃ》の入り口にむかう。あのままあそこにいたら、とんでもないことをやらかしそうだった。

　ガーティはバカじゃない。まぬけでもない。席《せき》どろぼうめ、いまにみてろ。ジーンに助けてもらって、ううん、ジーンに助けてもらえなくたって、ガーティが席《せき》どろぼうより賢《かしこ》いってことをみんなに証明《しょうめい》してやる。ガーティは、ポニーテールをあたまの一番てっぺんで結《むす》びなおし、知力《ちりょく》を最高《さいこう》レベルに引っぱりあげた。こうして、ふたたび猛勉強《もうべんきょう》の日々がはじまった。

こんなに勉強したのは生まれてはじめてだった。何日も、何週間も、ぶっつづけで勉強した。十一月のある日の午後、ガーティは、ひとさし指と中指をこうささせて十字《じゅうじ》を作り、神さまに祈《いの》りながら息をつめて待っていた。シムズ先生が教室をまわりながらテストを返している。ほかの子たちは、テストを受けとるとかばんに押《お》しこんで教室からとびだし、バスやむかえの車に走っていく。ロイは、自分の点数をみると顔をしかめ、テストを棒《ぼう》みたいに細く丸めた。教室を出ていくときに、それでみんなをぶつのだ。ギプスが取れたいまは、まだましだ。ギプスでぶたれると、ものすごくいたい。

シムズ先生がジーンの机《つくえ》にテストを置《お》いた。ジーンが机《つくえ》につっぷすようにしてテストをかくしてしまったので、ガーティには点数がみえなかった。首をのばし、ジーンの手をつかみ、力ずくでテストから引きはがす。すると、どうにか点数がみえた——九十七点。

「もう、やめてよ」ジーンががばっと体を起こす。髪《かみ》の毛《け》がガーティの顔に当たった。

そのとき、ガーティの机《つくえ》にふわりとテストが舞《ま》いおちてきた。シムズ先生の大きくてきれいな字が、目にとびこんでくる。**よくできました！　九十九点。**

ガーティはさけんだ。両手で口をおおう。九十九点なんて、いままで一度も取ったことがない。ただの一度も。ちがう人間に生まれかわったみたいだ。すずしい顔でいつも九十九点を取る優等生《ゆうとうせい》になったみたい。ガーティは、両手を少しだけ口からはなした。「ウソみたい」

シムズ先生がにっこり笑《わら》う。「がんばったわね、ガーティ」

ジュニアはちらっとジーンのようすをうかがい、青い顔になってシャツのえりを口に押《お》しこんだ。ジーンがすっと立ちあがり、いすをらんぼうに机《つくえ》のしたに押《お》しこむ。

「百点なんてあたりまえよ」メアリー・スーのすました声が宙《ちゅう》に響《ひび》いた。ロッカーの前でコートの銀色のボタンをとめながら、エラと話している。

ガーティは、口をおおっていた手を、ゆっくりと下ろした。

「カリフォルニアの授業《じゅぎょう》はここよりずっとむずかしいもの」メアリー・スーは、わざとらしい笑顔《えがお》で肩《かた》ごしにガーティをみてから、教室を出ていった。

ガーティは、テストの上におどる九十九という数字と、〝よくできました!〟という文字を、もういちどみた。できることなら、びっくりマークを紙からはがして剣《けん》みたいにふりかざし、ろうかにとびだして、メアリー・スー・スパイビーを追いかけてやりたい。ガーティは、教科書のあいだにテストをはさみ、音を立てて表紙をとじた。

顔をあげると、シムズ先生がこっちをみている。先生は、髪《かみ》を耳にかけて口をひらいた。

「ガーティ、ちょっと話せるかしら」これは質問《しつもん》じゃない。

ガーティは、眉《まゆ》をよせて、友だちふたりをふりかえった。ジュニアが、ぼくにもわからない、と肩《かた》をすくめる。ジーンはガーティをみもしない。押《お》しだまったまま教室の出口へ歩いていく。

ぴんとのばした背中《せなか》は、定規《じょうぎ》で引いたみたいにまっすぐだ。

ガーティは、教室からみんながいなくなり、先生とふたりになるのを待った。それから、先生のデスクに歩いていった。デスクの上には、プリントやカレンダー、許可証《きょかしょう》や文房具《ぶんぼうぐ》が小高《こだか》い山になっている。

シムズ先生は、宿題の束《たば》の上にひじをつき、両手を組んだ。「ガーティ、なにか悩《なや》んでいることはない？」

ガーティはびっくりした。

ちくちくするシャツのタグには悩《なや》んでいる。教会に通って礼拝《れいはい》のあいだじっとしていなくちゃいけないことにも悩《なや》んでいる。オードリー・ウィリアムズが、すきあらばボンサイから葉っぱをむしって空想《くうそう》のお友だちに食べさせることにも悩《なや》んでいる。

だけど、いまは悩《なや》んでなんかいない。びっくりしている。心臓《しんぞう》が胸《むね》のなかでとびはねている。たぶん、これは心臓《しんぞう》まひだ。ガーティは、十歳《さい》で心臓《しんぞう》まひを起こした世界初《せかいはつ》の子どもにちがいない。お医者さんに、なにがあったんですかときかれたら、弱々しい声でこう答えよう。メアリー・スーにやられたんです。

シムズ先生のせきばらいで、ガーティは、はっとわれに返った。「最近《さいきん》、お勉強をすごくがんばっているでしょう」シムズ先生はいった。「とてもえらいわ。でもね、なにか気がかりなことでもあるんじゃないかと思って」

そのとおりだけど、気がかりなのは、ことじゃない。人だ。だけど、メアリー・スーの話をシムズ先生にするわけにはいかない。信《しん》じてもらえないに決まっている。メアリー・スーは、先生がそばにいるときはぶりっ子をする。先生は、メアリー・スーが、ガーティの鼻先からチョコレートをうばったときにみせた不敵《ふてき》な笑《え》みもみていない。テストで満点《まんてん》を取ったことをきこえよがしにいったあとの、ずるそうな笑顔《えがお》もみていない。先生が、メアリー・スーの本性《ほんしょう》に気づいてくれさえしたら、どんなに気分が楽になるだろう。だけど、シムズ先生はガーティの話を信《しん》じるわけないし、作り話をしていると思われたらおしまいだ。

ガーティは首を横にふった。

「もしかして、お仕事しょうかいのときのこと?」

「ちがいます!」ガーティはぴしゃっといった。あのときのことは思いだしたくもない。

シムズ先生はため息をついた。「わかったわ」いすの背《せ》に深くもたれる。「こまったことがあったら、いつでも相談してちょうだい。いいわね?」

ガーティはうなずき、くるっときびすを返した。シムズ先生に相談できることなんて、なにひとつないけれど。

学校の外では、ほかの子たちがはしゃぎ、車のクラクションが鳴りひびき、おとなたちが大声で子どもたちを呼《よ》んでいる。ガーティは、バックパックの肩《かた》ひもをにぎりしめ、重い足を引きずりながらバスへむかった。そのとき、一枚《まい》の紙が風にあおられているのが目にとまった。レンガのかべに、チラシが一枚《まい》新しくはってある。ガーティはそばにいってみた。

〝**かんきょうクラブはパーティーをひらきます！　おやつが出ます。RSVP（お返事ねがいます）**〟。ガーティは、靴《くつ》の裏《うら》が地面にくっついてしまったみたいに、うごけなくなった。チラシの下半分が、風に吹《ふ》かれてぱたぱたはためいている。そばを通りすぎる子どもやおとなたちも、チラシを横目《よこめ》で読んでいく。ガーティは、みじめで、恥《は》ずかしくて、ほおがかっと熱《あつ》くなった。なにをしているのか自分でもわからないまま、かべからチラシをむしりとった。めざわりな紙をびりびりにやぶる。紙切れが、はらはらと地面に落ちていく。スローモーションみたいに、ゆっくりと。なんだか、映画《えいが》をみてるみたい——ううん、映画《えいが》に出てるみたいだ。最《さい》後《ご》の紙切れがひらひらと歩道の上に落ちると、カチンコが鳴る。カット！

その瞬間《しゅんかん》、ガーティは自分のしでかしたことに気づいた。やってしまった。

メアリー・スーはまだ、にぎやかな駐車場《ちゅうしゃじょう》にいた。そこからガーティをみあげている。顔に一発《いっぱつ》パンチを食《く》らうのはまちがいない。ガーティだって、だれかに招待状《しょうたいじょう》をやぶられたりしたら、まちがいなく顔に一発《いっぱつ》おみまいしてやる。ガーティは、かくごを決めた。

ところが、メアリー・スーは、招待状《しょうたいじょう》の残《ざん》がいをもう一度みた。一瞬《いっしゅん》、ほほえんだようにみえた。ほんとうに一瞬《いっしゅん》。みまちがいかと思ってしまうくらいに。そう、きっと、みまちがいだったのだ。まばたきする間もなく、ほほえみは消えた。かわりに、ダイヤモンドのようにかがやく涙《なみだ》がふたつぶ、メアリー・スーの両ほほを伝《つた》った。

ガーティは、ごくっとのどを鳴らした。「メアリー・スー、あたし、そんなつもりじゃ――」どんなつもりだったのか説明《せつめい》する間もなく、メアリー・スーのまわりに人だかりができた。

「おい、泣《な》くなって」ロイがサッカーボールをこわきにかかえ、メアリー・スーの背中《せなか》をぽんぽんたたく。ガーティを、よそものでもみるような目付《めつ》きでにらんでいる。

ガーティは胸《むね》をはった。「あたし――」ちゃんと説明《せつめい》しなくちゃ。いじわるしたのはガーティじゃない。ガーティがひどいことをしたみたいにみえるけど、そうじゃない。泣《な》かせたくて泣《な》かせたわけじゃない。

「だいじょうぶよ、メアリー・スー。あたしパーティーにいくから」エラがガーティをふりかえった。「あんた、なんてことすんのよ!」

みんなが口々に、かんきょうクラブに入る、と約束《やくそく》している。みんながメアリー・スーをなぐさめ、敵意《てきい》のこもった目でガーティをにらんでいる。

「あたし、そんな……あたし……」

だれかがガーティのそでを引っぱった。「ガーティ」ジュニアだ。ガーティをさわぎの中から連《つ》れだしながら、ジュニアはしずかにいった。「帰ろう、ガーティ」

12　こっちも正しいけど、そっちも正しい

レイおばさんはいつもいう。ときには、いやってくらい全部がうまくいかなくて、人生がゆきどまりになったみたいに絶望《ぜつぼう》する日もあるけれど、ひと晩《ばん》ぐっすりねむれば、朝にはトゥインキーがこれまで以上《いじょう》においしく思えるもんだよ。そして、問題なんかなかった、すくなくとも、思っていたよりはましだった、ってわかる。全部自分の思いこみだったたってこともありえるし、むしろそうなってよかったたってこともある、と。だけど、ガーティの場合は、ちがった。

つぎの日の朝、ガーティはバックパックを引きずりながら、とぼとぼと玄関《げんかん》へ歩いていった。

「一発《いっぱつ》かましてやんな、ベイビー」レイおばさんの声がする。

ガーティはうめいた。

バスに乗ると、みんながひそひそ声でなにかいいながら、こっちをにらんでくる。運転手のおじさんがくわえているつまようじまで、なじるようにガーティのほうを指している。つまようじがしゃべっているみたいだ。おまえだな。おまえが、カリフォルニアからきたかわいい女の子を泣《な》かせたんだろう。

トゥインキーはまずかった。べとべとしているのに、味はなんだかうすっぺらだ。おまけに、

前の席《せき》の一年生がこっちをむいて、口元をしげしげとみてくる。

シムズ先生が算数の授業《じゅぎょう》をはじめると、ガーティは引き出しからえんぴつを取りだした。ところが、えんぴつは折《お》れていた。べつのえんぴつを探《さが》すと、それも折《お》れている。えんぴつは、一本のこらず折《お》られていた。

ガーティは手をあげていった。「先生、えんぴつがありません」みんながこっちをみている。

「家に忘《わす》れてきました」

シムズ先生はため息をつき、デスクからえんぴつを出してわたしてくれた。

ガーティは、教科書を一心《いっしん》ににらんで、がんばって勉強のことだけを考えた。


ガーティは、学校でせいいっぱい努力《どりょく》した。だけど、なにかがひとつうまくいくと、べつのなにかがうまくいかなくなる。

えんぴつが折《お》られたのは、ほんの序《じょ》の口《くち》だった。ロッカーに入れておいた宿題がなくなることもあった。たしかにしまっておいたのに。読み方の授業《じゅぎょう》でガーティの番がくると、エラがわざとせきこみ、たったの一行もまともに読めなかった。テスト中は、だれかがシムズ先生の目をぬすんで、輪《わ》ゴムをガーティのうなじにとばした。

ある日のランチの時間、ガーティは、ジーンとジュニアといっしょにカフェテリアのテーブルについて、洋ナシ入りのサラダを食べながら、かべにはられたかんきょうクラブのチラシをにらんでいた。

「全部、あいつのさしがねなんだ」ガーティは、洋ナシを刺《さ》したフォークでチラシをさした。

「証拠《しょうこ》はないけど、でも――」

「うわ、それって――」ジュニアが、ガーティのフォークの先をみて、ぎょっとしたように目をみはった。

「――クラブのやつら、なにかたくらんでるはず」ガーティはそこまでいって、目をぱちくりさせた。口に運ぼうとしていた洋ナシに、よれよれのバンドエイドがぺたりと張《は》りついている。

「うええ！」とっさにフォークをふると、バンドエイド付《つ》きの洋ナシは宙《ちゅう》をとび、ぺしゃっと音を立ててかべに当たった。

うしろで、わっと笑《わら》い声《ごえ》が起こる。ふりむくと、ロイとレオが体をふたつ折《お》りにしてゲラゲラ笑《わら》っていた。ふたりのとなりには、ユアン・バックリーが立っている。ユアンはめがねをくいっと鼻の上に押《お》しあげ、片方《かたほう》のズボンのすそを引っぱりあげてみせた。ユアンは年中ひざこぞうをすりむいている。泥《どろ》で黒くなったひざは、一カ所だけ、はがしたバンドエイドの形に青白くなっていた。ガーティは、みぶるいした。寒気《さむけ》が全身を走って、出口をみつけようとしているみたいだ。

かべにくっついていたバンドエイドが、ぺたりと床《ゆか》に落ちる。

ジーンが、牛乳《ぎゅうにゅう》パックのストローをくわえたまま、くすっと笑《わら》った。

ガーティは、ジーンをまじまじとみた。「まさか、あっちの味方じゃないよね？」

ジーンが肩《かた》をすくめる。「さあ。でもまあ、石油《せきゆ》が海をよごしてるのはほんとなんだし、メアリー・スーも大ウソつきってわけじゃないでしょ」

ジュニアは、ふたりをかわるがわるみている。「ほんとのことは、だれにもわからないよ」

ごくっとつばを飲む。「こっちも正しいけど、そっちも正しい、ってこと。正解《せいかい》はひとつじゃなくて……ふたつ……ううん、三つ……四つ……」だんだん、蚊《か》の鳴くような声になっていく。

「あんたは目立ちたいだけ。いっつもそうなんだから」ジーンがいう。

「そんなんじゃない！　そうじゃなくて――」

「友だちなら、勉強でわたしと張《は》りあったりしない。そんなの友だちじゃない」

ガーティは顔をそむけ、カフェテリアの床《ゆか》に落ちたバンドエイドをみた。「張《は》りあってなんかない」ガーティは、説明《せつめい》しようとした。「あたしは、あせってるだけ……ほんとに……だって……」大きく息をすう。「だって、あたし、どうしても……お母さんがいっちゃう前に、どうしても……」いいたいことはこれ以上《いじょう》ないくらいはっきりしているのに、それを言葉にするのはどうしてこんなにむずかしいんだろう。オードリーに、トウ(toe)という単語《たんご》は足の指一本ずつのこともいうし、つま先全体のこともいうんだ、と説明《せつめい》しているときもこんな感じだった。「あたしはひとりで平気だって、お母さんにみせつけてやりたいんだ」

三人がすわっているテーブルは、さわがしいカフェテリアから切りはなされているみたいにしずかだった。だからジーンには、ガーティの言葉がちゃんときこえていたにきまっている。なのに、ジーンはこういった。

「でも、勉強で一番を取るのは、わたしのミッションよ。勉強で一番になるのは、わたしにとってだいじなことなの」

ガーティは、ぽかんとした。たったいま、これはすごく大切なミッションだと説明《せつめい》したのに、ジーンはどうだっていいみたいだ。親友なのにわかってくれないなんて、どういうことだろう。

「わたしたち、あんたのミッションにつきあわされてばっかり。わたしの望《のぞ》みはどうなるわけ?」ジーンは、牛乳《ぎゅうにゅう》パックをらんぼうに置《お》いた。「そんなの不公平《ふこうへい》でしょ」

ガーティは、ごくりとつばを飲みこんだ。そうか、ジーンにもミッションがあったなんて、考えたこともなかった。そういうことなら、ジーンのミッションに手をかそう。きっと、すごく退屈《たいくつ》だろうけど。ジーンにはガーティみたいな想像力《そうぞうりょく》がないから。

「なんとかいいなさいよ」ジーンがいった。

ガーティは、なにをいえばいいのかわからなかった。「うん、手伝《てつだ》うよ。もし――」

ジーンは小鼻をふくらませた。「あんた、わたしの友だちでいたいの？　それとも、バカみたいなミッションをつづけたいの？」

ガーティは、Tシャツの上からロケットにさわった。親友なら、ガーティのミッションをバカ呼《よ》ばわりしたりしない。親友なら、ずっとそばにいてくれる。「ミッションはやめない」

ジーンは、噴火《ふんか》寸前《すんぜん》の火山みたいにふるえたりしなかった。ただ、口を閉《と》じて、ものすごくしずかになっただけだった。なんとなくガーティには、火山よりこっちのほうが危険《きけん》だとわかった。ジーンはぷいっとそっぽをむくと、ランチのトレーに目を落とした。プラスチックのフォークをつかみ、五十キロくらいあるみたいに、ゆっくりと持ちあげる。そうやって、ランチを食べはじめた。食べ物を口に運ぶたびに、百万回くらいかんだ。

だれも、なにもいわない。ジュニアは、サラダにのっていた砂糖《さとう》漬《づ》けのさくらんぼをジーンにあげようとしたけれど、ジーンはみむきもしなかった。

ガーティは、フォークでサラダをつつきまわしながら、バンドエイドがもう一枚《まい》入っていないかたしかめた。

13　人はうつり気

「レイおばさん！」ガーティはどなった。「レイおばさん！」

おばさんがキッチンにとびこんでくる。「どうしたんだい」

ガーティは、レイおばさんのおなかのあたりに抱《だ》きついた。「あたし、みんなにきらわれてる！」

レイおばさんは、ガーティをあたためようとするみたいに、腕《うで》をさすった。「ベイビー、だれがきらうって？」

「みんな！」ガーティはいった。「なんで？　前はみんなあたしのこと好《す》きだったのに。好《す》きだったのに、いまはきらってるんだ」

レイおばさんは、チッと舌《した》を鳴らした。「なにがあったんだい？」

ガーティはおばさんからはなれると、キッチンのいすにどさっと腰《こし》をおろした。「うっかり、やぶっちゃって。招待状《しょうたいじょう》を――」

レイおばさんが、とたんに眉《まゆ》をひそめる。

「――メアリー・スーのパーティーの」

「ガーティ！」

「うっかりしてただけ！　それにレイおばさん、誓《ちか》っていうけど、あんなのちょっとしたことだってば！」ガーティは、どれくらいちょっとなのかみせるために、親指とひとさし指ですき間をつくった。「いじわるのつもりじゃなかったし、それに、ねえ信《しん》じて、いやな感じの招待状《しょうたいじょう》だったんだよ。あたし最近《さいきん》いろんなことがぐちゃぐちゃで、じゃなかったらあんな招待状《しょうたいじょう》一枚《まい》でかっとなったりしなかったし……」ガーティは、そこで大きく息つぎをした。

「わかったわかった！　信《しん》じるよ！」

「ほんと？」ガーティは、ぱっと顔をあげた。

レイおばさんがうなずく。「ああ、信《しん》じるよ」

「信《しん》じてくれるんだ」とたんに、すすで汚《よご》れたキッチンが、ほんのかすかに明るくなったようにみえた。おなべの底《そこ》までちょっときれいになった気がする。

「じゃあ、どうしてみんなあたしをきらうの？」

レイおばさんは、コップをとって水をついだ。「人ってのはうつり気《ぎ》なんだ」ガーティの前にコップを置《お》いてくれる。

うつり気《ぎ》なんて、みょうにきれいな言葉だ。ガーティはなっとくいかなかった。全然《ぜんぜん》しっくりこない。クラスメートたちは、いじわるで、よこしまで、それに――。

「ウチキリってなに?」オードリーの声がした。キッチンの入り口に立っている。オードリーをあずかっていると苦労《くろう》がたえないけれど、中でもこまるのは、おとな同士《どうし》の話ができないところだ。

レイおばさんが訂正《ていせい》した。「うつり気《ぎ》だよ。これといった理由もないのに、ころころ気分が変《か》わること。ガーティのクラスの子たちみたいにね。今日は好《す》きだったのに、つぎの日にはきらいになってる」

「こんな話、オードリーの前でしないほうがいいと思うけど」ガーティはいった。

「『わが家は十一人』とはちがうのね」オードリーは、いたましそうに首を横にふった。「あの人たちは、ずっとみんなのことが好《す》きだもん」

「もうやだ」ガーティは、頭をかかえた。

レイおばさんは、オードリーにも水を一杯《いっぱい》ついだ。「ガーティ、学校の子たちは、あんたをきらってるわけじゃないんだよ。いまは、たまたまそういう気分なんだ。オードリー、あんた、服になにくっつけてきたんだい」

オードリーは、よごれたTシャツを引っぱって、べっとりついた染《し》みをしげしげとながめた。芸術品《げいじゅつひん》かなにかを鑑賞《かんしょう》するみたいに。

「あたし、どうすればいい?」ガーティは、ほんとうに知りたかった。解決《かいけつ》するならなんだってする。はやくミッションにもどりたい。レイおばさんが教えてくれたら、なんだってそのとおりにする。ガーティはちょっと水を飲んでみて、なにか変《か》わるかどうか様子をみた。なにも変《か》わらない。

「ねえ、どうすればいい？」ガーティは、質問《しつもん》をくりかえした。レイおばさんは、困《こま》り顔で頭をかいている。

「オードリー、ママは新しいシャツを持たせてくれたかい？」レイおばさんは、オードリーのシャツのことで頭がいっぱいみたいだ。

「もうやだ」ガーティは、もう一度ぼやいた。

＊　＊　＊

ジーンが口をきいてくれなくても、みんながどんなにうつり気《ぎ》でも、集中することはできるはずだった。折《お》れたえんぴつもとんでくる輪《わ》ゴムも物ともせず、勉強に集中するのだ。世界一の五年生の座《ざ》へとつづく道を、たゆまず歩きつづける。そうできるはずだった。ところが、どうしてもそうできない理由があった。クラスが、メアリー・スーのパーティーの話でもちきりになったのだ。

みんなが、はしゃいだ声でパーティーの話をしている。

メアリー・スーの家には、あったかいプールがあるから、十一月でもおよげるんだって。メアリー・スーのママが、ほんもののコックさんを呼《よ》ぶんだって。メアリー・スーの家には大きい階段《かいだん》があって、つやつやした木の手すりはすべりおりるのにぴったりなんだって。

しばらくすると、みんなは、パーティーの話をするときに声をひそめるようになった。

「ポスターおねがいできる?」水曜日には、エラがユアンに耳打ちした。

「メアリー・スーに、例《れい》のこときいた?」木曜日の休み時間には、ユアンがレオに小声でたずねた。

金曜日には、ロイが靴《くつ》ひもを結《むす》びなおすふりをしながら、いすのうしろにかがみこみ、ひそひそ声でジューンにいった。「あれに使うビンって――」

「シー! いまはまずいわ!」ジューンが、ちらっとガーティをみてさえぎる。「また休み時間のときにね」

ろうかに出ると、レオがロイとすれちがいざまに合図を送りあっていた。

「いいかげんにして!」とうとう、ガーティはどなった。「ないしょになんか、しなくていいったら! あんたたちの秘密《ひみつ》クラブになんか入りたくないもん!」

みんなは、頭のおかしい危険人物《きけんじんぶつ》でもみるみたいな目でガーティをふりかえった。ガーティは、みんなをにらみつけた。そんなふうに思いたいなら、思えばいい。ガーティはほんとうに危険《きけん》なのだ。ものすごく危険《きけん》なのだ。

ガーティは、シャツのえりもとからロケットを引っぱりだすと、ぎゅっとにぎった。「だいじょうぶ」小さい声で自分にいいきかせる。「だいじょうぶだから」

「パーティーにいってきてよ」ガーティは、帰りのバスのなかでジュニアにいった。

ぎょっとしたジュニアの足がはねあがり、シートの背《せ》をけっとばす。「いきたくないのかと思ってたけど」

「あたしはね。あたしはいけない。でも、あいつらがなにをたくらんでるか、さぐらなきゃ。あたしがいると、ぜったいクラブの話をしないから」

「ぼくだって、むりだよ！」

「ううん、いける。二重《にじゅう》スパイになって、パーティー会場にもぐりこんできて」二重《にじゅう》スパイがなにをするかはテレビで知った。友だちのふりをして敵《てき》と仲良《なかよ》くなり、しのばせた小型《こがた》マイクで、ほんとうの仲間《なかま》に敵《てき》の計画を知らせるのだ。

「二重《にじゅう》スパイか、知ってるよ」ジュニアはいった。「テレビでみたんだ。悪党《あくとう》のふりして、殺《ころ》されて、デリラって名前のヒョウのエサになってた」

ガーティがみたテレビとおなじだ。

「あれはテレビの話だから」ガーティはいった。

「現実《げんじつ》はちがう？」

「メアリー・スーがデリラなんて名前のヒョウをかってると思う？」

ジュニアはそわそわと体をゆらした。「チラシにはRSVPって書いてた。RSVPって、至急応答《しきゅうおうとう》せよって意味だよね。RSVPしてないから、家に入れてもらえないんじゃないかな」

「だいじょうぶ、入れてもらえる。ガーティにはうんざりだよ、あんなやつだいっきらいだ、っていえばいいの。そしたら、入れてくれるから。あと、RSVPは至急応答《しきゅうおうとう》せよの略《りゃく》じゃない」

ジュニアは首をかしげた。「なんの略《りゃく》？」

「話を変《か》えないでよ。あんたは入れてもらえる。で、ケーキを出してもらえる」

「ケーキ、出るかな？　誕生日《たんじょうび》じゃないのに？」

バスがキイッと音を立てて止まり、だれかがひとり降《お》りていった。

「そりゃ出るよ。パーティーっていうのはケーキが出るもんなの」

ジュニアは体をゆらすのをやめた。「ケーキはおいしいよね」ふいに、はっとくちびるをかむ。「うわ、でも、あのクラブのみんなって、なにかたくらんでるんだよね？」

「シーッ」ガーティは、聞き耳を立てられていないか、あたりをみまわした。「だいじなのはそこだよ。なにをたくらんでるか、あんたが突《つ》きとめてくるの。それがあたしのミッションのい、い、い、い、い、いこうさくなら、つかんでおかなきゃ。情報《じょうほう》をつかんで、先手《せんて》を打つんだ」

ぼうがい工作なら、つかんでおかなきゃ。

「ガーティを粉々《こなごな》にしてガーティ・グラノーラを作る計画かもね」ジュニアがいった。バスがガーティの家の前でとまる。「ぼくも、とばっちりでジュニア・ジュースにされちゃうかも」

運転手のおじさんがクラクションを鳴らす。

「ジュニア、おねがいだから二重《にじゅう》スパイになって」

ジュニアは、体育ずわりをするみたいに胸《むね》の前で両足をかかえ、ガーティを通路へとおした。

「どたんばでおじけづくかもしれないよ?」

「おい、いたずらっ子!」運転手のおじさんが大声で呼《よ》ぶ。「ついたぞ!」

ガーティは、バックパックを片方《かたほう》の肩《かた》にかけ、シートの上で小さくなっているジュニアにむきなおった。きっと、ジュニアはどたんばでおじけづく。ジュニアは、なんにだっておじけづく。それでも、ガーティはこういった。

「ジュニア・ジュニア。あたし、あんたのこと信《しん》じてる」

ジュニアは目をみひらいた。

バスをおりたガーティは、ふりかえった。ジュニアが窓《まど》からこっちをみている。ガーティはバックパックを地面にほうり、ピシッと気をつけの姿勢《しせい》になると、敬礼《けいれい》をした。

ジュニアは、したくちびるをかむのをやめた。シートの上で少し姿勢《しせい》をただし、ふるえる右手を眉《まゆ》のあたりまで上げる。それは、ちゃんとした敬礼《けいれい》にみえた。

14 デリラ

「よろしく、ぼくパークス」ジュニアは、眉毛《まゆげ》をぴくぴくさせながらいった。「ジュニア・パークス」

オードリーは、片手《かたて》で口をおおい、肩《かた》をふるわせながらくすくす笑《わら》っている。

「シーッ!」ガーティは、あたりの様子をたしかめた。

ジュニアの眉毛《まゆげ》が、ぐっと八の字に下がった。「スパイなんか、いやだなあ」

「なんで?」オードリーがたずねる。

ジュニアとガーティとオードリーは、植《う》え込《こ》みのかげにかくれて、メアリー・スー・スパイビーの家のほうをうかがっていた。家というより、お城《しろ》みたいだ。オードリーの両親は、〝落ちついた〟週末《しゅうまつ》を過《す》ごしに、フロリダ州《しゅう》の海辺《うみべ》へ出かけている。〝落ちついた〟というのは、〝オードリーぬきで〟という意味だ。ガーティも、できればオードリーぬきの週末《しゅうまつ》を過《す》ごしたかった。とくに、今日みたいなときは。

ガーティは、葉っぱのあいだからむこうをのぞいていた。車が一台とまり、エラ・ジェンキンスがおりてくる。エラは、両手で大きな厚紙《あつがみ》を一枚《まい》かかえていた。

「ふうん」ガーティはうなずいた。

ジュニアは、植《う》え込《こ》みが救命《きゅうめい》ボートかなにかみたいに、枝にしがみついている。

「一番サイアクなのは、どうなっちゃうことだっけ？」ガーティは、ぽんぽん、とジュニアの肩《かた》をたたいて確認《かくにん》した。

「たいほ！」オードリーが元気よく答える。

ガーティは、片手《かたて》でオードリーの口をふさいだ。「シーッ！　教会のネズミみたいにしずかにしててって、いったよね？」

オードリーがうなずくのをたしかめてから、ガーティはジュニアにむきなおった。

「たいほよりサイアクなのは、パーティーに入れてもらえなくて、手ぶらで帰ること」

ジュニアは枝《えだ》から手をはなし、うなずいた。

「それが、一番サイアクなんだよ」ガーティは、もう一度釘《くぎ》をさした。

まちがいない。

＊　＊　＊

ガーティは、ジュニアがスパイビー家の玄関《げんかん》にむかって歩いていくのをみまもった。ぎくしゃくした歩き方で、おゆうぎ会のダンスでもしているみたいだ。ドアにたどりつくと立ちどまり、迷《まよ》っているみたいに体をゆらす。

オードリーがひそひそ声でたずねた。「なんで入らないの？」

「ジュニア、がんばって。おねがい」ガーティは、植《う》え込《こ》みの枝《えだ》を両手でにぎりしめながら
ジュニアを一心《いっしん》ににらみ、念力《ねんりき》で前に進ませようとした。

ようやくドアノブをつかんだジュニアは、やけどでもしたみたいに、はっと手を引《ひ》っ込《こ》めた。

しばらくすると、かくごを決めたように背《せ》すじをのばし、片手《かたて》で激流《げきりゅう》へアをそっとなで、ドア
ノブをつかんで押《お》しあけた。そして、中へ入った。

「やった」ガーティは、ほっとして地面にへたりこんだ。

「つぎは、なにするの？」オードリーがたずねる。

「もどってくるのを待つんだよ」

「なんで？」

「ジュニアを置《お》いていけないから」ガーティは両ひざをかかえこみ、家の様子をうかがった。

「ピエロきてるかな？」オードリーもとなりにしゃがみ、あごをひざの上にのせた。

「秘密結社《ひみつけっしゃ》の集まりなんだよ。ピエロなんかいない。みんなでおそろしい計画を立てて、あ
たしのミッションをじゃまするつもりなんだから」

「こわいね」オードリーはそういうと、五秒くらいだまりこんだ。「ミッションって？」

「世界一の五年生になるんだ。わかったら、もうしずかにしてて」

オードリーは、ピンク色のジャンパーのポケットに両手を入れた。「なんで?」

「しずかにしてっていったでしょ?」ガーティはぴしゃりといった。

オードリーはふくれっつらになったけど、めずらしくしずかになった。

ガーティは、家から目をはなさずに待ちつづけた。ジュニアはいまごろきっと、あのおやしきのなかで、計画どおりに動いているはずだ。ガーティにはうんざりなんだとこぼして、クラブに入れてほしいと頼《たの》んで、みんながガーティのミッションに〝ぼうがいこうさく〟をしている証拠《しょうこ》をつかむ。あとは、さっさと逃《に》げだして、ガーティに報告《ほうこく》するだけ。そう、たったこれだけ。

ガーティは待った。待ちつづけた。これってミッション第四号だっけ? それとも、第五号だっけ? 待ちくたびれて、足がしびれてくる。そのあいだオードリーは、植え込《う》《こ》みの葉っぱをむしってポケットにつめこみ、穴《あな》をほり、葉っぱを埋葬《まいそう》して、質問《しつもん》をあれこれ十七個《こ》もした。

ガーティは、つめたくなった両手をわきの下にはさんであたためた。車が一台、うなりをあげてそばを走りすぎていく。

「窓《まど》からみてくる」とうとう、ガーティはいった。「ここにいて」

「レイおばさんにいわれたでしょ。あたしも連《つ》れてかなきゃ」オードリーはいった。「あたしから目をはなしちゃだめだっていわれたでしょ」

「レイおばさんはあんたのおばさんじゃないよ」ガーティはいった。

「でも、あたしはレイおばさんって呼《よ》ぶの」

「でも、あんたのおばさんじゃないもん。レイさんって呼びなよ」

「ガーティのおばさんでもないでしょ？　もうおばあちゃんだし」

「いちいちレイ大おばさんなんて呼《よ》べないよ。めんどうだし、時間のむだでしょ」

オードリーが反論《はんろん》しようと口をひらく。ガーティはいそいで先手《せんて》を打った。

「うわぎ、ぬいで」ガーティは、自分もうわぎをぬぎながらいった。「そんなにはでなピンクじゃみつかっちゃう。めだったらダメ」なんで？ときかれる前に、理由も説明《せつめい》した。

ジャンパーを植《う》え込《こ》みの下に押《お》しこむと、ガーティはオードリーの手を引いて歩きはじめた。かべにそってしのび足で歩きながら、一番そばの窓《まど》に近づく。くちびるにひとさし指を当てて、声を出しちゃだめだよ、とオードリーに警告《けいこく》した。家のなかから、笑《わら》い声《ごえ》やさわぐ声がきこえてくる。ガーティは、窓《まど》の下からそっと中をのぞき、いそいで首をひっこめた。

「なにかみえた？」オードリーが、声をひそめてたずねる。

家の中には、ジューン・ハインドマンがいた。ガーティは深呼吸《しんこきゅう》をすると、もう一度中をのぞいた。ジューンにレオ、それにエラ。

ジュニアはいない。どこにも。

ガーティは、ついてきて、とオードリーに合図すると、かべ伝《づた》いにそっと歩いた。すると、ガラスの引き戸があった。戸のむこうは広々としたキッチンで、運よくだれもいない。

「ここで待ってて」ガーティは、小声でいった。

オードリーが首を横にふる。

「待ってて」ガーティはきっぱりとくり返した。

オードリーは口をとがらせ、腕《うで》を組んでしゃがみこんだ。

ガラス戸はかぎがかかっていない。ガーティは戸をあけてキッチンにしのびこみ、足音を立てないようにドアへ近づいた。こわいけど、映画《えいが》に出てくるようなスパイになった気分だ。

家のなかはにぎやかだった。テレビの音、笑《わら》い声《ごえ》、話し声、せき、はなをすする音、紙がガサガサいう音。

「ジェシカ・ウォルシュって、おれとかタイプかな?」

ガーティはとびあがった。ロイの声がすぐそばからきこえたのだ。ガーティは、リビングに通じているあいたドアから少しあとずさった。

「ジェシカって、そんなにたいした子じゃないわよ」メアリー・スーの声だ。「わたしたち友だちだけど、あの子ってちょっとお高くとまってるのよね」

メアリー・スーよりお高くとまっているなら、ジェシカは、天使《てんし》のおならのにおいだってかげるくらい、つけあがっているにちがいない。

「べつに、たとえばの話だけどさ、もしジェシカがだれかと付《つ》き合《あ》うなら――」

「きいてどうする気?」メアリー・スーがさえぎった。「あの子、もうカリフォルニアに帰っちゃったのよ」

「おれにさよならもいわずに?」ロイがいった。「もどってくる?」

「こない」メアリー・スーはとがった声でいった。「パパは映画《えいが》を撮《と》りおわったの。パパももういないのよ。わたしももうすぐ帰るわ。はやくちゃんとした町でくらしたい」

メアリー・スーがいなくなる! ガーティは、あやうく拍手《はくしゅ》をしそうになり、すんでのところで思いとどまった。最高《さいこう》! 耳をそばだてながら、あいたドアににじり寄る。さよなら、席《せき》どろぼう!

ドアのむこうが、とたんにさわがしくなる。メアリー・スーがいなくなることや、ジェシカ・ウォルシュに会える見込《みこ》みがなくなったことを知って、みんな動揺《どうよう》しているみたいだ。

「帰っちゃうの?」エラの声だ。「あたしたち、親友でしょ!?」

「なにも、いますぐって話じゃないのよ」女の人の声がした。

ロビイストだ。

「まだ、なにも決まってないんだから」

「決まったわよ」メアリー・スーは、つんと澄《す》ました声でいった。ガーティになんどもかんしゃくを起こさせた、あの声だ。

「わたしたち、この町が好《す》きなの」スパイビーさんは、娘《むすめ》の声なんかきこえなかったみたいにつづけた。「わたしはだいじなプロジェクトをすすめているし、この子だって、ちゃんとしたお友だちと学校にかよえて楽しそうだし。そうでしょう?」

「ちゃんとしてない友だちって、たとえば?」ロイが口をはさむ。

天敵《てんてき》を応援《おうえん》する日がくるとは夢《ゆめ》にも思っていなかったけれど、ガーティは、メアリー・スーにはできるだけがんばってもらって、だいすきなカリフォルニアにもどる方法《ほうほう》をみつけだしてほしかった。

だけど、それっきりメアリー・スーの声はきこえなくなった。

きこえないといえば、ジュニアの声もしない。

ガーティは、一秒の半分だけ、部屋のなかをのぞいた。やっぱり、ジュニアはいない。リビングにいる子たちは、図工みたいなことをしている。レオは厚紙《あつがみ》に絵をかいているみたいだ。

あいつら、ジュニアになにをしたんだろう? ガーティは、ジュニアがぐるぐる巻《ま》きにされて屋根裏部屋《やねうらべや》に閉《と》じこめられているところを想像《そうぞう》した。屋根裏《やねうら》じゃなくてトイレかも。

「これみたら、あの子どんな顔するかな?」エラの声がする。

ガーティは心を決めた。オードリーをとなりの家にいかせて、おまわりさんに電話をかけさせよう。ジュニアの行方不明《ゆくえふめい》をしらせなきゃ。ううん、ゆうかい事件《じけん》かも。ひょっとして、殺人事件《さつじんじけん》?

「かんかんになるよな」レオの声だ。

これはもう、情報収集《じょうほうしゅうしゅう》のためのミッションなんかじゃない。レスキューだ。ガーティはキッチンにもどって、そっとガラス戸から外へ出た。息をころし、声をひそめていう。「オードリー、いそいで――」

ガーティはこおりついた。寒いからじゃない。

オードリーが消えていた。

ガーティは、両手で口をおおった。ジュニアだけじゃなくて、オードリーまでいなくなった! レイおばさんに殺《ころ》される。パークスおばさんになんていおう?

自分が、こわがっているのか、怒《おこ》っているのかわからない。オードリーが敵《てき》につかまっていたらどうしよう? そうなったら、あたしのせい? ちがう、オードリーのせいだ。あたしは、動いちゃだめだって、ちゃんといいきかせた。ああ、でも、ジュニアがいなくなったのはあたしのせい。かわいそうなジュニア。あんなにきちんと計画を立てたのに。段取《だんど》りだって三千回くらいみなおしたのに。でも、ジュニアがつかまったのは、あたしが悪いんだ。

ガーティは、メアリー・スー・スパイビーの家の庭で立ちつくしていた。寒くてみぶるいする。これからどうしよう？　また、みぶるい。オードリーもきっと、ここでふるえてたんだ。それで、家に入りたくなったのかもしれない。ちょっとあたたまろう、と考えたのかもしれない。

どうして、うわぎをぬがせたりしたんだろう？　ガーティは、勇気《ゆうき》をふるいおこしてふりかえり、もう一度ガラス戸をあけた。

「オードリー？」がらんとしたキッチンに入って、小声でよびかける。リビングに通じるドアの前をいそいで通りすぎ、音を立てないようにろうかを歩いていく。ぶあついじゅうたんが足音を消してくれた。ろうかはどこまでもつづいている。あいたドアの前は足早《あしばや》に通りすぎ、閉《し》まったドアがあったら、耳を押《お》しつけて中のようすをうかがった。もしかしたら、閉《と》じこめられたジュニアかオードリーの声がきこえるかもしれない。部屋はどれも大きくて、美術館《びじゅつかん》にありそうな絵や家具がならんでいる。ガーティは、ふと思った。レイおばさんの家がこれくらいりっぱだったら、レイチェル・コリンズもジョーンズ通りへ逃《に》げだしたりしなかったんだろうか。ドアに耳を押《お》しつけていると、うしろからだれかの足音がきこえてきた。

ガーティは走った。手近なドアをあけて中へすべりこみ、ドアを閉《し》める。そこは、大きな暗いウォークイン・クローゼットだった。

「だれかいるの？」ドアのむこうで声がする。スパイビーさんだ。

ガーティは片手《かたて》で口をおさえ、目をとじた。優秀《ゆうしゅう》なスパイは、つかまったりしない。

「ねこかしら」スパイビーさんのひとり言がきこえた。

ガーティ・リース・フォイは、つかまったりしない。

スパイビーさんの足音が遠ざかっていくと、ガーティはほっと息をついて一歩あとずさった。てっきりやわらかいコートがあるかと思ったら、背中《せなか》がぶつかったのは、やわらかい人間だった。だれかいる！

「ぼくだよ」

「ジュニア！」ガーティは胸《むね》をおさえた。「びっくりした！　心臓《しんぞう》がとびだすかと思った！　なんでこんなところにいるの？」

「シーッ！　なんでって、か……かくれてる」

「ずっとここにいたの？」

「もう帰ろうよ」ジュニアはガーティの腕《うで》をつかんだ。「帰ろう」

「だめ」ガーティは、ジュニアの手をふりはらった。「オードリーを探《さが》さなきゃ」

「オードリー？」ジュニアが悲鳴みたいな声をあげた。「はぐれたの？」

「勝手にいなくなったんだよ！」ガーティは、声をころして訂正《ていせい》した。「ああもう、どうしよう。どうしよう！」

オードリーがいなくなった。三人とも敵《てき》のなわばりに迷《まよ》いこんでしまった。一番サイアクなのは、ジュニアがパーティーに入れてもらえないことだと思っていた。それは、とんだまちがいだったのだ。

「探《さが》さなきゃ」ガーティは、ウォークイン・クローゼットのドアをあけた。

ガーティは、ろうかを慎重《しんちょう》に歩いていった。ジュニアがひじにしがみつき、しのび足でついてくる。最初《さいしょ》についたのはダイニングルームで、十二人くらいすわれそうな特大《とくだい》テーブルが置《お》いてあった。テーブルの下にもオードリーの姿《すがた》はない。部屋をぐるりと一周《しゅう》し、べつの部屋のあいたドアの前を通りすぎる。なかをのぞくと、スパイビーさんが、パソコンのキーボードをたたいていた。ふたりには気づいていない。ガーティは、てのひらが汗《あせ》ばんできた。となりの部屋は、小さめのリビングルームだ。ソファの背《せ》から、小さな靴《くつ》をはいた足がふたつ突《つ》きだしている。ガーティは、心臓《しんぞう》がどきっとした。

大急ぎでソファに駆《か》けよる。ジュニアが引きずられるようにあとにつづく。ソファにはオードリーと知らない女の人がならんですわっていて、いっしょにテレビをみていた。ガーティは、つめていた息を大きくはいた。

「あたし、いっつもこのドラマみてるの」オードリーが女の人に説明《せつめい》している。

女の人は、口の中で粒《つぶ》ガムを転がしてかちゃかちゃいわせていた。

「こういううちの子になりたい」オードリーがいった。

「オードリー」ガーティは、声をひそめていった。「外で待ってなきゃだめでしょ。家じゅう探《さが》しまわったんだよ」

オードリーは、テレビから目をはなさない。「寒かったんだもん」

「帰ろうよ」ジュニアはガーティの腕《うで》にしがみついたまま、すがるような声を出した。

「ほかの子と遊んでればいいじゃないの」女の人がいった。「こっちは『わが家は十一人』をみてるんだから」

「おばさん、だれ?」ガーティはたずねた。

「ブレンダ」ブレンダは、粒《つぶ》ガムをカリッとかんだ。「ここではたらいてるんだよ」

メイドさんってやつだ。それまでガーティが考えていたメイドさんは、黒いワンピースにふりふりした白いエプロンをつけ、ちいさいぼうしをかぶっていて、おおげさな言葉づかいをする女の人だった。『さあおじょうさま、アレルギーのおくすりをお飲みになるお時間でございますよ』みたいに。だけど、ブレンダはジーンズとテニスシューズをはいていて、ふつうの話しかたをしている。

「おばさん、メイドっぽくないね」ガーティは感想をのべた。

「家政婦《かせいふ》だからね」ブレンダは、ガーティを上から下までじろっとみた。「あんたこそ、パーティーにきたとは思えないかっこうね」

「あたしたち、スパイだもん」オードリーは、テレビをみながらいった。

「スパイ?」ブレンダが、またガムをかむ。

「そう、スパイ」オードリーが軽くうなずく。

「おやまあ」ブレンダはつぶやき、急に声をはりあげた。「奥《おく》さま！　スパイがいましたよ！」

「ちょっと！」ガーティとジュニアは同時にさけんだ。

「なんのさわぎ?」スパイビーさんが部屋の入り口にやってきて、とまどったようにガーティたちとブレンダをみた。

「おしまいだ」ジュニアが情《なさ》けない声を出す。

とたんに、家がふるえるくらいたくさんの足音が、ばらばらと近づいてきた。ガーティはあとずさり、いすにぶつかってよろめいた。

メアリー・スーが母親を押《お》しのけて部屋にとびこんでくる。「なんでガーティがここにいるのよ?　これはクラブのあつまりよ。あんたは招待《しょうたい》してないわ」

「招待《しょうたい》されたよ」ガーティはいった。ほかにどう答えればいいのかわからない。背《せ》すじをしゃんとのばす。「学校の子を、みんな招待《しょうたい》してたでしょ。あたしだって、あの学校の生徒《せいと》だもん。ここにいるのは、あたしの自由でしょ」ジュニアをふりはらい、ひとさし指を立ててみせる。「市民《しみん》の自由ってやつだよ」

「メアリー・スー」スパイビーさんが割《わ》って入る。「ひとり増《ふ》えるくらいかまわないでしょう？」

「チラシには〝RSVP（お返事ねがいます）〟って書いたのに、ガーティは返事をしなかったのよ」メアリー・スーがいう。

ガーティはいい返そうとした。どうせもう帰るところだったもん、こんなパーティーちっとも楽しそうじゃないし。ところが、口をひらこうとしたそのとき、まわりを取りまいていた子たちを押《お》しのけて、ジーンがあらわれた。

ガーティは、親友の顔をまじまじとみつめた。肺《はい》がぺしゃんこになったみたいに、息ができない。あのジーンが大きな缶《かん》を持っている。缶《かん》には紙がはられていて、青い絵の具でかんきょうクラブと書かれている。乾《かわ》いていない絵の具が紙を伝《つた》い、白いじゅうたんに垂《た》れて青いしみをつくった。

「いいじゃないの、メアリー・スー――」スパイビーさんがとりなそうとしている。

「わからない？　ガーティ、あんたはじゃまものなの」エラがいった。

だけどガーティは、エラのきつい言葉も耳に入ってこなかった。もっときつい事件《じけん》で頭がいっぱいだ。ジーンが、メアリー・スーのお城《しろ》にいる。じゅうたんに落ちた青い絵の具をみつめている。

「ガーティにいじわるしないほうがいいよ！」

みんなの視線《しせん》が、いっせいにオードリーに集まった。オードリーはガーティの前に立つと、両手を腰《こし》に当ててみんなをにらみつけた。

ガーティは目をとじた。おしまいだ。かくごを決めて、目をあける。

「いつか」オードリーは、おなかを前に突《つ》きだした。「ガーティはあんたたちのボスになるんだよ。だって、いまは、世界一の五年生になるっていうミッションの真《ま》っ最中《さいちゅう》なんだから！」

オードリーは、〝世界一の五年生〟のところで、得意《とくい》げに声をはりあげた。

そして、五年生たちと、スパイビーさんと、ブレンダをみまわした。ガーティは、息ができなかった。

エラが声をあげて笑《わら》いだす。ロイも、レオも、メアリー・スーも笑《わら》っている。みんながガーティをみて笑《わら》っている。

「冗談《じょうだん》だろ」レオがいった。「バカいうなって。ガーティは、世界一どんくさい五年生だけどさ」

「ほらね?」メアリー・スーが、いじわるな目でガーティをみる。「ガーティがわたしをきらうのは、わたしのほうがいい子だからよ。ねたんでるの」

ユアンが、ガーティをみてめがねを鼻に押《お》しあげ、あきれ顔で首を横にふる。

ガーティは耳まで真っ赤になっていた。息がうまくできない。ふいに、目のはしに黒い点がうつった。黒い点はあっというまに黒い線になり、かべの高いところに取りつけられた棚《たな》をすばやく横切った。酸欠《さんけつ》のせいでまぼろしをみているんだろうかと思ったそのとき、黒い線が棚《たな》の上の花びんをたおした。花びんが床《ゆか》に落ち、大きな音を立てる。

「パンサー、こら!」ブレンダがさけんだ。

ジュニアがとびあがり、悲鳴をあげる。「デリラだ!」

「パンサー、おりなさい!」スパイビーさんがするどい声を出した。

黒ねこは棚《たな》からとびおり、ジュニアの頭の上に着地した。ジュニアが金切り声でさけぶ。ねこはジュニアの顔と肩《かた》に爪《つめ》を立てた。

スパイビーさんとブレンダがとびだし、ねこの脚《あし》を両わきから引っぱる。ねこがすさまじい声で鳴き、それをジュニアの金切り声がかき消す。

「ケガしちゃう!」ジューンがさけぶ。ジュニアを心配《しんぱい》したのかもしれないし、ねこを心配《しんぱい》したのかもしれない。

ガーティは、あえぎながら突進《とっしん》した。ねこの三本目の脚《あし》をつかみ、のけぞりながら力まかせに引っぱる。ねこは、あわれっぽい声をあげて、ようやくジュニアからはなれた。床《ゆか》にとびおり、ひっしで部屋をとびだしていく。

ジュニアも部屋をとびだした。

ガーティもあとを追う。どこをどう走っているのかもわからずにひたすら走り、玄関《げんかん》から外にとびだし、どたばたと歩道を走る。

ふたりとも夢中《むちゅう》だった。心臓《しんぞう》がいたい。テニスシューズがアスファルトをめった蹴《げ》りにしている。足を止めるころには息が切れ、目がかすんでいた。街灯《がいとう》の柱に腰《こし》をあずけ、両手をひざに置《お》いてぜえぜえあえぐ。

「ねこ」ジュニアは何度もくり返した。「ね……ね……ねこ。ねこ、ねこ」

ガーティはうなずいた。体をふたつ折《お》りにしたまま息をととのえる。ふと、歩道をぱたぱた走ってくる足音がきこえた。オードリーだ。

オードリーはふたりに追いつくと、息をはずませながら歓声《かんせい》をあげた。「やった、やった！あたしたちの勝ち！　でしょ?」

「ちがう!」ガーティはさけんだ。「あたしたちの負けだよ!」

オードリーは、ぽかんとした。口が小さな○の形になり、顔がくしゃくしゃにゆがむ。泣《な》きそうになっているときのしかめっつらだ。いい気味、泣《な》けばいいんだ。全部をだいなしにしたのは、オードリーなんだから。オードリーが、秘密《ひみつ》をみんなぶちまけてしまった。

「あんたのせいでめちゃくちゃ！」ガーティはいった。「だから、あんたのパパとママは、あんたにいてほしくないんだよ！」そうどなった瞬間《しゅんかん》、ガーティは、自分の言葉を口の中に押《お》しもどしたくなった。いまのはだめだ。絶対《ぜったい》にいっちゃいけない言葉だ。

ジュニアの顔と首が、赤い引《ひ》っかき傷《きず》の下ですっと青ざめた。オードリーは歩道にしゃがみこんだ。

ガーティは、となりでひざをついた。「オードリー、いまのは本気じゃないよ」ほんとうだ。本気じゃなかった。いま口からとびだした言葉は、おそろしい事故《じこ》だ。アイスクリームを落とすとか、自転車から落ちるとか、コオロギを踏《ふ》みつぶしてしまうとか、そういう事故《じこ》。

「ごめん」ガーティはあやまった。

オードリーはひざをかかえこんだ。みるみるうちに、まつ毛の上に涙《なみだ》が盛《も》りあがってくる。

ガーティはオードリーを抱《だ》きしめた。髪《かみ》の毛《け》からリンゴみたいなにおいがする。「ほんとにごめん」

あんな言葉は本心じゃなかった。だけど、ガーティにはわかっていた。自分は、どんなにあやまっても取り返しのつかないことをしてしまった。

15　ジュニア！

ジュニアは、レイおばさんの言葉を借《か》りるなら、〝じつぞんのきき〔自分が存在する意味をみうしなうこと〕〟をむかえていた。

「あんなに焦《あせ》ったのははじめてだよ。だけど、どうしてもみんなのところにいけなかったんだ。それで、こんなこともできないなんて、おまえは世界一たよりがいのない友だちだぞ、って思った。そう思ったら心臓《しんぞう》がばくばくしてきて。だって、ガーティはぼくと絶交《ぜっこう》したくなるかもしれないし……」

ガーティはバスの座席《ざせき》にしずみこみ、ぼんやり窓《まど》の外をみていた。学校のみんなは、週末《しゅうまつ》に起こったことなんか忘《わす》れたにきまっている。ガーティがパーティーに押《お》しかけたことも、オードリーが暴露《ばくろ》した秘密《ひみつ》も、きっと覚《おぼ》えてない。

「役《やく》に立ちたかったんだよ。だけど、あの家に入ったら……」

ガーティはため息をついた。

「なぜか……なぜか……おじけづいて」ジュニアはうなだれた。「こんな情《なさ》けないやつは、激《げき》流《りゅう》へアなんかにしちゃいけないんだ」

しばらく、ふたりはだまってバスにゆられていた。ジュニアが、のびはじめた激流《げきりゅう》へアをくしゃくしゃにする。ガーティは、はっと両手をにぎりしめた。バスがジョーンズ通りの家の前にさしかかったのだ。看板《かんばん》をみる。**〈売り出し中。ご連絡《れんらく》はサンシャイン不動産《ふどうさん》へ〉**

「ほんとにごめん、ガーティ」

「もういいよ」ガーティはいった。ほんとうは、ちっともよくない。

バスが、ひくくうなりながら学校の前でとまった。それでもガーティは、物思いにふけっていたせいで、窓《まど》にうつった自分の顔しか目に入っていなかった。

「うわ」ジュニアが声をあげる。

「なに?」まばたきをして目をこすったとたん、ジュニアをぎょっとさせた光景《こうけい》が目にとびこんできた。

学校の前では、五年生のほぼ全員がコートを着こんで集合し、スローガンをとなえながらデモをしていた。玄関《げんかん》のとなりに置《お》かれた折《お》りたたみ式《しき》テーブルのまわりを、ぐるぐる行進している。テーブルの前にはられたポスターには、〈かんきょうクラブ〉と書かれている。テーブルの上には、チラシの束《たば》がいくつも置《お》かれていた。うしろに立った三人の女の子が——メアリー・スー、エラ、そしてジーンが——、生徒《せいと》たちにチラシをくばっている。

バスにいる子どもたちは、いつもとちがって、かばんをつかんで走りだそうとしない。窓《まど》の外のさわぎに目をうばわれ、口をあけている。前の席《せき》の一年生が、ガーティをふりかえった。

「みんな、ガーティのことやっつけようとしてるけど」なんとなく得意《とくい》げな声だ。「どうするつもり？」

前に目をやると、運転手のおじさんが、くわえていたつまようじを耳のうしろにはさんだ。あきれ顔で首を横にふりながらレバーをつかみ、じゃばら式のドアをあける。

きっとふつうの子なら、ガムがこびりついたらくがきだらけのシートの下にもぐりこんでしまうだろう。バスをおりるのをいやがって、運転手のおじさんに引きずりおろされるまでがんばるだろう。みんなも、ガーティがそうするはずだと思っているみたいだった。

だけど、ガーティはふつうの子じゃない。立ちあがり、バックパックを肩《かた》にかける。

「まさか、外に出るつもり？」ジュニアがたずねた。ねこに引っかかれた顔の傷《きず》をさわっている。

ガーティはジュニアを押《お》しのけ、バスの出口へ歩いていった。窓《まど》の外を一心《いっしん》にのぞいている子たちのことは気にしない。しっかりした足取りでステップをおり、スローガンをどなっている五年生の集団《しゅうだん》に近づいていく。

すごいさわぎで、耳がいたいくらいだ。

「海をきれいに！　海をきれいに！」スローガンがつづく。

ほんとうは、しらんぷりでみんなをかきわけていき、校舎《こうしゃ》に入るつもりだった。なにもきこえていないみたいに。なにもみえていないみたいに。だけど、人だかりの中に入るよりもはやく、大声がひびいた。

「きたわ！」

エラがガーティを指さしている。エラは、チラシを一枚《まい》つかんで、ガーティの鼻先に突《つ》きつけた。チラシには石油《せきゆ》プラットホームの絵がかいてあって、その上に、大きな赤いばってんがしてある。ガーティにとっては、ただの石油《せきゆ》プラットホームじゃない。お父さんの石油《せきゆ》プラットホームだ。しらんぷりなんかできなかった。

「海なんてどうでもいいくせに！」ガーティはどなった。「いじわるしたいだけでしょ！　あんたたちみんな！」

「地球をまもりましょう！」メアリー・スーが、バスからおりてきた生徒《せいと》たちに呼《よ》びかけはじめた。子どもを送ってきたおとなたちが何人か、チラシをつんだテーブルの前で足をとめる。「石油《せきゆ》をほるな！」ロイがどなり、メガホンをガーティの顔に突《つ》きつけてくりかえした。「石《せき》油《ゆ》をほるな！」

ガーティは、両手で耳をふさいだ。お父さんはいい人なのに。お父さんがここにいたら、みんなだってすぐにわかるのに。ひと目でわかるのに。ガーティのお父さんは、いい人だ。どんな人かわかったら、ぜったいに、こんなふうにどなったりしない。

だけど……だけど、ジーンはガーティのお父さんを知っている。家に遊びにきて、話をきいたり、お父さんが揚《あ》げてくれたフライド・ピクルスを食べたり、いっしょに浜辺《はまべ》にいったりした。ガーティのお父さんがどんなに最高《さいこう》な人か知っている。それなのに、ジーンはここにいて、みんなから寄付金《きふきん》を受けとって、缶《かん》に入れたりしている。

「かんきょうクラブを応援《おうえん》してくれて、どうもありがとう」メアリー・スーが、鼻にかかった声でいった。

「石油《せきゆ》をほるな！　石油《せきゆ》をほるな！」デモ隊《たい》はくるっと方向転換《てんかん》をすると、さっきとは逆《ぎゃく》むきにテーブルをまわりはじめた。

「あんたたちなんか……」ガーティは、こんなときにぴったりな言葉を探《さが》した。「あんたたち、みんなうつり気《ぎ》よ！」

はじめにきいたときは、パンチの足りない言葉だと思ったのに、怒《いか》りにまかせてどなりつけてみると、効果《こうか》はてきめんだった。レオが息をのんでぴたりと足を止め、ジューンがレオにぶつかり、ロイがジューンにぶつかった。あたりはしずまりかえった。

「今日は、みなさんにお話があります」シムズ先生が口をひらいた。感情《かんじょう》をおさえている声だ。

クラスのみんなが顔をみあわせる。

シムズ先生は、デスクの上で両手をかさねてつづけた。「あなたたち、石油《せきゆ》プラットホームに反対するデモをするなんて、ガーティを傷《きず》つけると思わなかったの？　ガーティのお父さまがあそこではたらいているのは、よく知っているでしょう？」

教室は、水を打ったようにしずかになった。

「ガーティの気持ちを考えなかったの？」シムズ先生は、みんなが答えようとしないのをみると、ジューンにたずねた。「ジューン、あのデモをみたガーティはどんな気持ちになったと思う？」

ガーティは、ごくっとのどを鳴らした。自分の気持ちは、胸《むね》のなかにしまっておきたい。勝手に外へ引っぱりだされて、みんなであれこれつつきまわしたりしてほしくない。ガーティは体をかたくしたまま、机《つくえ》についた小さなしみをにらんでいた。

ジューンが答える。「ガーティは、逃《に》げだしたくなったと思います。お父さんがすごくひどいことをしてるから」

シムズ先生は無言《むごん》でジューンをみつめた。ジューンは目をそらし、いすの上でそわそわしはじめた。「ほかには？　ユアン、あなたはどう？」

「はずかしかったと思います。メアリー・スーにやきもちをやいてるから。あと、自分は世界一の五年生だとか思ってて、ぼくたちをみくだしてます」

ガーティはくちびるをかんだ。ユアンのことは、バンドエイドをサラダに入れられたあとだって、いい子だと思ってたのに。ロイみたいにからかったりしてこないからだ。

「みんな、そう思ってます」ユアンはそういって口《と》を閉じた。

一番前の席《せき》のメアリー・スーは、肩《かた》ごしにガーティをふりかえり、にやっと笑《わら》った。

先生が話しはじめる。「わたしがもしガーティで、クラスのみんながあんなクラブを作ったりしたら、傷《きず》ついたと思うわ」

だれもなにもいわない。

「ガーティ、みんなにいっておきたいことはある？」

十七人の視線《しせん》が、針《はり》みたいにガーティを刺《さ》す。

ガーティは、胸《むね》を張《は》って答えた。「あたしは、傷《きず》ついたりしてません」

シムズ先生がため息をつく。「それならいいんだけど。でも、やっぱり、あのクラブ活動はほんとうにつづけるべきか考えなくちゃいけないわ」

「ガーティは、きたない言葉をつかったんです」エラがいった。

「ほんとうにひどい言葉です」ユアンも横からいった。ずり下がっためがねごしに先生をみようと、頭をのけぞらせている。

シムズ先生が目をしばたたかせる。「もちろん、きたない言葉は使ってはいけませんよ。それでも――」

「きたない言葉なんか使ってません。あたしは、うつり気《ぎ》っていっただけです」ガーティは声をあげた。さっきどなったときは、知っているなかで一番きたない言葉のつもりだったけれど。

「そんなんじゃなかった！　もっときたない言葉だったぞ」レオが口をはさんだ。「おれもきいてたんだ」

「しずかに！」シムズ先生がどなった。感情《かんじょう》をおさえるのはやめにしたみたいだ。うんざりしてピリピリした声になっている。「いま話しているのは、クラブ活動の内容《ないよう》よ。それに、クラブ活動をする場所と時間も、ちゃんと考えなくちゃ」

「わたしたちは、かんきょうのために活動してるのに、それを禁止《きんし》するんですか？」メアリー・スーがたずねた。

「いいえ、そうはいっていませんよ」シムズ先生がいった。

「石油《せきゆ》プラットホームではたらく人がいなくなったら、世界はもっといい場所になるんです。先生はそう思わないんですか？」

みんながシムズ先生をみている。

先生は、こまった顔をした。「そう考えるのはあなたたちの自由よ」ため息をつき、デスクの引き出しをあける。「でも、クラブ活動をするなら、学校のないときに学校以外《いがい》の場所でしてちょうだい」そういいながら、校則《こうそく》の冊子《さっし》を取りだした。「学校の敷地内《しきちない》で活動できるのは、校長先生が認《みと》めたクラブだけ」

シムズ先生は、生徒《せいと》たちがとまどっているのに気づいた。「スローガンも行進も禁止《きんし》ってことよ」教室がざわめく。先生は冊子《さっし》をしまうと、引き出しをぴしゃりと閉《し》めた。「さあ、宿題を出して」

「いっつも、だれかさんがだいなしにするわね」エラが小声で毒《どく》づいた。

バックパックのジッパーをあけながら、ほかの子たちも不満《ふまん》そうにぼやいたり、ガーティをにらんだりしている。クラブ活動ができなくなったのはおまえのせいだとでもいいたげだ。ガーティはなにもしていないのに。

教室にいるみんながガーティをにくんでいる。ジーンはとなりの席《せき》にすわっているのに、腕《うで》を組んでガーティには目もくれない。もし、みんなが正しかったとしたら？　もし、お父さんがほんとうに地球を破壊《はかい》しているとしたら？　ガーティの前でだけ、石油《せきゆ》ほりは最高《さいこう》の仕事なんだとウソをついていたら？　バカでなにもわかっていないのはガーティだけだとしたら？

そのときドアをノックする音がして、打ちひしがれていたガーティは、はっとわれに返った。服の上からロケットをにぎりしめる。これはミッションなんだから。自分をしかりつける。とちゅうであきらめちゃだめ。

先生の返事も待たずに、ドアがいきおいよくあいた。

「ジュニア！」シムズ先生がぎょっとした声をあげる。

入り口にあらわれた運転手のおじさんは、片手《かたて》にはつまようじ、片手《かたて》にはジュニアの肩《かた》をつかんでいた。ジュニアの髪《かみ》はぼさぼさで、シャツはよれよれになっている。考えてみると、バスをおりたとき、ジュニアがうしろにいたかどうか覚《おぼ》えていない。よくみると、ジュニアは、取っ組み合いを終えてきたみたいなかっこうをしていた。それこそ、バスのシートの下から引きずりだされてきたみたいな。

運転手のおじさんは、ジュニアをぐいっと前に押《お》しだした。「このぼうずは、先生の生徒《せいと》ですね」

「ジュニア！」シムズ先生は目をつぶり、こめかみをさすった。「あなた、どこにいたの？」

16　すごいチャンス

冬休みの一日目、ガーティはリビングの窓辺《まどべ》に立っていた。窓枠《まどわく》の上でほおづえをつき、あせた黄色い車線の引かれた、ざらざらした道路をぼんやりながめる。

大きく息をすい、つめたいガラスにはあっと吹《ふ》きかけた。白くもったガラスに、ひとさし指でハートを描《か》く。ハートが消えると、もう一度息を吹《ふ》きかけ、自分の名前を書く。つぎは、ジーンの家の電話番号。つぎにレイチェルの名前。そのとき、書きかけの文字をすかして、おもての道路に青いピックアップトラックがゆっくりととまるのがみえた。ガーティは、指をぱっとガラスからはなした。トラックが家の駐車場《ちゅうしゃじょう》に入ってくる。

「お父さんだ!」さけんで、おもてへとびだす。

トラックをおりてきたお父さんにとびつくと、抱《だ》きあげられて、体がふわりと宙《ちゅう》に浮《う》く。

「みせたいものがあるんだ!」ガーティは、お父さんが地面におろしてくれると報告《ほうこく》した。

お父さんは運転席《うんてんせき》に手をのばし、ズック製《せい》の旅行かばんを引きずりだした。「みせたいものの?」目をみひらく。「いいものかい?」

「うん!　はやくみて!　ぜったい気に入るから!」ガーティは断言《だんげん》した。

お父さんが家に入ったが最後《さいご》、レイおばさんは、一秒たりともそっとしておいてくれない。お父さんの言葉を借《か》りるなら、〝集中砲火《しゅうちゅうほうか》〟を浴《あ》びせてくる。

かばんをよこしな。どろんこの靴下《くつした》を洗《あら》っちまいたいんだよ。仕事はどうだった？　こないだ、だれそれさんの葬式《そうしき》があったんだけど、きいたかい？　ガーティ、お父さんを休ませてあげな。ああ、あのおんぼろ車は、また洗《あら》ってやらなくちゃね。

しばらくすると、ようやくお父さんはリクライニングチェアにゆったりと寝《ね》そべった。レバーをまわしてフットレストを上げ、靴《くつ》をぬいだ両足をそこにのせると、つまさきを安っぽいクリスマスツリーのほうにむけて、気持ちよさそうにのばす。「さて、ガーティ・リース、いいものって？」

ガーティは部屋に走っていくと、ベッドにダイブした。まくらの下に手を差《さ》しこみ、かくしておいた新聞を引っぱり出す。リビングに駆《か》けもどり、お父さんの鼻先でぱたぱたふる。お父さんが受けとって広げると、自分もいっしょにのぞきこんで求人広告《きゅうじんこうこく》の欄《らん》を指さした。青いペンで丸くかこんでおいたところだ。

「ここ！　ね、これこれ」

「トラックの運転手、募集中《ぼしゅう》」お父さんは広告《こうこく》を読みあげ、ふしぎそうな顔で新聞ごしにガーティをみた。

ガーティはうなずき、そのつぎも読んで、と手をふった。

お父さんは広告《こうこく》に目をもどし、また読んだ。「第二種運転免許証《しゅうんてんめんきょしょう》を持っている方。週に五十時間。くわしくはジョシュまでご連絡《れんらく》を」お父さんが新聞から顔をあげる。

ガーティは、大きくうなずいた。

お父さんがあごをさする。「ジョシュなんて知り合いはいたかな」

ガーティは首を横にふった。

「ははーん、わかったぞ。トラックの運転免許証《うんてんめんきょしょう》がほしいんだろう?」

「ううん! ううん、うん、いつかは取りたいけど。でも、いまはいい。じゃなくて、お父さんがトラックの運転手になれるんだよ!」ガーティは、うっとりして、胸《むね》の前で両手を組んだ。「すごいチャンスでしょ!」

お父さんは新聞をたたみ、ガーティの頭をパシッとはたいた。「またなにをいいだすかと思ったら。お父さんはトラックの運転手になるつもりなんかないぞ」

「なんで?」ガーティは、くる日もくる日も新聞の求人広告《きゅうじんこうこく》をくまなく探《さが》して、最高《さいこう》の仕事をみつけたのだ。トラックの運転手はきっとたのしい。一日じゅうラジオをきいていられるし、サングラスもかけられるし、仕事中でもくだいた氷入りのジュースが飲める。

「お父さんにはもう仕事がある」

ガーティは、リクライニングチェアをまわりこみ、コーヒーテーブルの上にすわって足をのばした。上半身を前にたおし、ため息をつく。ちょっとだけ、お父さんがなにもきかずにトラックの運転手になってくれるかも、と期待していたのに。ガーティは顔をあげた。「でも、石《せき》油《ゆ》の仕事は、よくない仕事なんだよ」手をのばし、お父さんのひざに置《お》く。

「だれがそんなことをいった?」お父さんは新聞をソファにほうった。

「みんないってる!」

お父さんがリクライニングチェアに深くもたれる。「みんなは、なんていってる?」

「石油《せきゆ》をほるのは海をよごすからよくないことなんだって」ガーティはひと息にいった。バンドエイドをはがすときと同じで、ためらったら負けだ。

「なるほど」お父さんはむずかしい顔になって、しばらくだまりこんだ。

「そうなの?」ガーティはたずねた。「よくないこと?」

お父さんは、作り物のクリスマスツリーをみながらうなずいた。「ああ」

ガーティは、両手をぎゅっとにぎった。

「たしかに、時々――めったにないが――事故《じこ》が起こる。石油《せきゆ》がもれて、海がよごれ、魚がたくさん死ぬ。それに、石油《せきゆ》はガソリンになるし、ガソリンは空気をよごす」眉間《みけん》のしわが深くなる。「悪いところなら、いくらでもあげられる」

「じゃあ、どうしてつづけるの？　なんでトラックの運転手にならないの？」

「まだ話は終わりじゃない。石油《せきゆ》をほる仕事は、悪いことばかりじゃない。おまえの友だちは車に乗るだろう？　そのパパやママは車を運転するだろう？」

ガーティはうなずいた。

「そう、みんな車を使う。車を走らせるにはガソリンがいる。環境《かんきょう》には悪いことだ。それでも、みんな、車を使うのをやめたりしない。車に乗って、学校へ、会社へ、スーパーへ、いろんなところへいく」

「病院にも」ガーティはつけくわえた。

お父さんがおどろいたような顔になる。「そのとおり。車があれば、具合が悪いときに病院にもいける。これはいいことだろう？」

いまのガーティには、いいことなんかひとつもない気がするけれど。

「農場の人も、トラクターを使って野菜《やさい》や穀物《こくもつ》をそだてる。トラクターを動かすのだって燃料《ねんりょう》がいるんだ。石油《せきゆ》がなくちゃ作れないものは、ほかにもたくさんある。いまあるふつうの生活をつづけるには、石油《せきゆ》が欠《か》かせないんだ。もっといいエネルギー源《げん》が発明されるまでは」

「でも、トラックの運転手のほうがいい仕事でしょ？」ガーティは、新聞をひろいあげた。

「いいや。お父さんはいまの仕事が好《す》きなんだ」

「なんで?」

「むいてるから、自分に自信《じしん》が持てる」お父さんは、指を一本立てた。「それに、仕事仲間《なかま》はいいやつばっかりだ」二本目の指を立てる。「給料《きゅうりょう》だってじゅうぶんだ。おかげで、おまえと、お父さんと、レイおばさんはごはんを食べられるし、水も飲めるし、服も着られるし、雨風もしのげる。あまったお金で、マンガやボンサイ・キットも買える」お父さんは、三本目の指を立てた。

「みんなお父さんのことがきらいなんだよ」ガーティはいった。「でも、ちがう仕事についたら、きらいじゃなくなる」

「みんな、か」お父さんはフットレストをおろして体を起こし、ガーティの目をのぞきこんだ。「みんなじゃなくて、お母さんだろう?」

「ちがう!」ガーティはさけんだ。

「おまえのいうみんなは、お父さんがトラックの運転手になったって、やっぱりお父さんを好《す》きになったりしないんだよ」

「そんなの、わからないよ! 世界一のトラック運転手になったら、お母さんだってお父さんを好《す》きになるかもしれない」

お父さんはうつむいて両手をみつめたまま、長いあいだ押《お》しだまっていた。やがて顔をあげたお父さんは、かなしそうな目をしていた。「お父さんを愛《あい》してくれる人たちは、お父さんがどんな仕事についていたって愛《あい》してくれるんだ」首を横にふる。「おまえはわかってると思ってたよ」ため息をつく。「部屋へいって頭を冷《ひ》やしてきなさい」

「なんで?」ガーティは顔をこわばらせた。いままで、部屋へいけだなんていいつけられたことは一度もない。部屋へいかせられるような悪い子どもじゃない。ガーティはいい子だ。お父さんはそんなことも忘《わす》れてしまったんだろうか。

「いいから」お父さんが、ろうかのむこうを指さす。

ガーティは立ちあがり、重い足でろうかを歩いていった。部屋に入ると、ドアを力まかせに閉《し》めた。

どう? いまの音きいてた?

らんぼうなドアの閉《し》め方《かた》が気に入らないなら、お父さんが直接《ちょくせつ》いいにくればいい。ここへきて、ガーティをしかればいい。そうしたら、これはあたしの部屋のドアなんだし、強く閉《し》めるのはあたしの自由なんだっていってやる。

だけど、お父さんはこなかった。

いつもなら、お父さんが二週間の休暇《きゅうか》を終えて、旅行かばんに荷物をつめて石油《せきゆ》プラットホームへ出発する日になると、ガーティはひっしになって引きとめる。いつもなら、あらんかぎりの力をふりしぼってお父さんにしがみつき、タイヤに噛《か》みついたブルドッグみたいだな、とか、船底《ふなぞこ》にへばりついたフジツボみたいだな、とかいわれる。いつもなら、あと一回でいいからとせがんで、ぐらぐらしはじめた乳歯《にゅうし》をみてもらったり、読みかけのマンガをいっしょにながめたり、ボンサイに生えた小さいキノコをみせたりする。いつもなら、お父さんのことを考えない時間は一秒だってない、と誓《ちか》う。いつもなら。

お父さんが旅行かばんを肩《かた》にかけて、キッチンに入ってきた。

レイおばさんは流しに立って、たわしでお皿をこすっている。「ガーティ、お父さんが仕事にいくよ」

ガーティは、テーブルに広げたスペイン語の宿題から顔をあげなかった。

「ガーティ！」レイおばさんが声をあげた。「あんたのお父さんは朝から晩《ばん》まではたらいて、あんたが飢《う》え死《じ》にしたりボロを着たりしなくてもすむように、食いぶちをかせいできてくれるんだよ」

ガーティは、書いた答えをひとつ消した。

べつに、お父さんに食べさせてもらわなくたってかまわない。いまだって、しょっちゅうジュニアにランチをわけてもらう。着るものだってほしくない。服を一枚《まい》も着ないで生活している人たちの話をきいたことがある。その人たちは、まるはだかで暮《く》らしていて、〝ヌーディスト〟と呼《よ》ばれている。虫よけをたくさん使って生活していて、それで――。

「さっさとさよならをいいな」

ガーティはしぶしぶ顔をあげ、お父さんにスペイン語でさよならをいった。「アディオス・アミーゴ」

17　ジャンクフードはどうなるんですか？

ガーティは、みんながきらってくれて大助かりだった。ウソじゃない。休み時間に話しかけてくる子もいないから、毎日、二十分間よけいに勉強ができる。これまでみたいにジーンの機《き》嫌《げん》を気にしなくてすむのも最高《さいこう》だ。オードリーもガーティのことを許《ゆる》していないから、おままごとをしようとかリモコンを探《さが》してとか、うるさくせがんでこない。勉強をする時間がたっぷりあった。ひとりきりで。ひとりぼっちで。

そのかいは、ちゃんとあった。シムズ先生から返ってきた算数のテストが満点《まんてん》だったのだ。ガーティは、ジーンをみた。ジーンはいまも、となりの席《せき》の元親友がみえていないふりを、いっしょうけんめいつづけている。百点という数字がみえただろうか。ガーティはせきばらいをした。ジーンは、机《つくえ》の上の教科書をとんとんそろえたり、HBのえんぴつの場所を直したり、やけに忙《いそが》しそうだ。

ガーティは反対がわをむいて、ジュニアの机《つくえ》にテストを置《お》いた。「百点だった。三けただよ、三けた」

ジュニアは点数をみて、ジーンの表情《ひょうじょう》をたしかめ、首をすくめた。

「エラ、だれかさんの声、きこえた?」メアリー・スーがきこえよがしにいう。

「ううん」エラがにやっと笑《わら》う。「なんにもきこえなかったけど」

メアリー・スーは、うしろをふりかえっていった。「ジーン、なにかきこえた?」

ジーンはうつむいたまま答えた。「べつに」

メアリー・スーは、にっこり笑《わら》ってみせた。

やっと一番になれたのに、みんなにむしされたら、なんの意味もない。ガーティは、メアリー・スーの頭の後ろをにらんだ。ここ最近《さいきん》、あのブロンドをずっとにらんでいる気がする。

「しずかに」シムズ先生がかべの時計をみた。「おぎょうぎよくしてちょうだい」

ジュニアはため息をつき、ひとさし指でテストを押《お》しもどした。ガーティはテストをふたつにたたんだ。

そのとき、だれかが教室のドアをノックした。

「みなさん」シムズ先生はいった。「これからステビンス先生にお話していただきます。くれぐれも、失礼《しつれい》のないように気をつけてちょうだい。校外からお客さんがきたときみたいに、おぎょうぎよくね」

先生にいわれなくたって、そんなことはだれでも知っている。

ミセス・ステビンスは、美術《びじゅつ》と演劇《えんげき》と音楽を担当《たんとう》している先生だ。だけど、ステビンス先生なんて呼《よ》びかたをするのは、シムズ先生くらいだった。ミセス・ステビンスはミセス・ステビンスだ。

ミセス・ステビンスは真珠《しんじゅ》のイヤリングをつけ、入れ歯をはめていて、おだんごにまとめた白髪《しらが》には、針山《はりやま》みたいにヘアピンをどっさり挿《さ》している。キャロル小学校で百七年前からはたらいているときいたって、おどろく人はひとりもいない。ミセス・ステビンスのいいつけは絶《ぜっ》対《たい》だ。ミセス・ステビンスは、こいつは手に負《お》えない悪ガキだと判断《はんだん》すると、絵を描《か》く道具をしまっておく戸棚《とだな》に閉《と》じこめて、永遠《えいえん》に出してくれないらしい。校長先生が出してあげなさいといっても、終業式の日になっても、悪ガキがおしっこにいかせてほしいと頼《たの》んでも。

だから、ミセス・ステビンスが教室をにらみわたすと、みんなは石になったみたいにおとなしくなった。

ミセス・ステビンスは、おはようのあいさつもなしで、いきなり切りだした。「劇《げき》をやるよ」

メアリー・スーが、急に背《せ》すじをのばす。

「ロミオとジュリエット！」エラが歓声《かんせい》をあげた。

「ちがう」と、ミセス・ステビンス。

「ニンジャは出てきますか？」ロイが質問《しつもん》した。

「くるもんか」

「じゃあ――」

ミセス・ステビンスは片手《かたて》をあげて、みんなをだまらせた。「出てくるのは、エバンジェリーナって名前の女の子だ。この子は、野菜《やさい》を、ぜったいに、食べない」

ミセス・ステビンスは、ひと言ずつはっきりと発音しながら、エバンジェリーナの説明《せつめい》をした。ガーティは、算数のテストを広げ、折《お》り目《め》をていねいにのばしながらミセス・ステビンスの話に耳をかたむけた。

「のこりの生徒《せいと》はふたつのグループに分かれる。ひとつ目のグループは、エバンジェリーナが好《す》きなジャンクフードの役《やく》をやって、ふたつ目のグループは、エバンジェリーナがきらいな体にいい食べ物の役《やく》をやる。はじめのうち、エバンジェリーナは、ジャンクフードの友だちと楽しく暮《く》らしてる。だけど、そのうちジャンクフードたちがエバンジェリーナを攻撃《こうげき》して、病気にしちまうんだ。それで――」ミセス・ステビンスは鼻を鳴らしてつづけた。「――いよいよダメだってなる。そこへ、あわてたエバンジェリーナの母親が、野菜《やさい》とか果物《くだもの》とか体にいい食べ物を引きつれてかけつけて、エバンジェリーナはまた元気になるんだ」

エバンジェリーナ。ガーティの心臓《しんぞう》が、魚みたいにはねた。**エ**、**バン**、**ジェ**、**リーナ**。なんてすてきな名前。

教室はざわついている。みんな、エバンジェリーナの役《やく》をやりたそうだった。ほかの役《やく》はサイアクだ。おとなたちは時々こういうろくでもない失敗をやらかして、子どもの人生をだいなしにする。レイおばさんがむかし、赤ちゃんのころのガーティのはだかの写真をジュニアにみせた時みたいに。

「ジャンクフードはどうなるんですか?」ジーンが質問《しつもん》した。

「ゴミ箱いき」ミセス・ステビンスは、おだんごのピンを挿《さ》しなおした。「つまり、死ぬ」

シムズ先生が眉《まゆ》をひそめ、せきばらいをする。

ミセス・ステビンスはどこ吹《ふ》く風《かぜ》でつづけた。「全員、オーディションを受けること。申しこみ用紙を、あたしの部屋の戸棚《とだな》にはっておくから、やりたい役《やく》のところに名前を書いてちょうだい」

〝戸棚《とだな》〟ときいて、ジュニアがみぶるいした。

「エバンジェリーナはだれがやるんですか?」ロイがあせった声できいた。カブのかっこうでステージに立ち、全校生徒《せいと》のさらし者になる自分の姿《すがた》を想像《そうぞう》して、ぞっとしているにちがいない。オードリーくらい小さかったら、玉ねぎの衣装《いしょう》だってよろこんで着るかもしれない。だけど、五年生でそんなことをしたら、二度とお日さまの下を歩けない。「おれ、エバンジェリーナがいい」

メアリー・スーが、くるっとうしろをふりかえった。「エバンジェリーナは女の子の名前よ」

「エバンとかに変《か》えれば？」ロイがいう。

「ユアンとエバンって似《に》てるな！」ユアンが声をあげた。「おなじ三文字だし」そういって、指を三本立ててみせる。

ミセス・ステビンスがロイをまっすぐにみた。「エバンジェリーナのオーディションを受けられるのは女の子だけだ。あたしが、この役《やく》に一番ふさわしい子を選《えら》ぶ」そういって、入れ歯をガチンと鳴らす。

「ミセス・ステビンスは、女子にばっかりいい役《やく》をあげますよね」ロイが不満《ふまん》そうにいった。

ミセス・ステビンスは、聞《き》き捨《ず》てならないといいたげに、ロイにむかって眉《まゆ》をつりあげた。

ロイは、一秒だけがんばってミセス・ステビンスをにらんだけれど、すぐに目をそらして腕《うで》を組んだ。

話を終えたミセス・ステビンスは、シムズ先生に声もかけずに教室を出ていき、ぴしゃりとドアを閉《し》めた。

ミセス・ステビンスがいなくなると、教室は大さわぎになった。だれがエバンジェリーナをやるのか、どんな衣装《いしょう》を着ることになるのか、歌はうたうのか、気になることは山ほどある。歌をうたうことになったら、それこそサイアクだ。歌なんか、だれも好《す》きじゃない。

「ぼくもオーディションを受けなきゃいけないんだろうな」休み時間になると、ジュニアがこぼした。「じゃなきゃ、ミセス・ステビンスに戸棚《とだな》に入れられちゃうよ。ぼく、劇《げき》なんかむりなのに。ぜったい緊張《きんちょう》する。わかってて自分から失敗《しっぱい》しにいくなんて、バカみたいだ」パークスおばさんは、ジュニアの〝激流《げきりゅう》ヘア〟をそり落としていた。ジュニアはいまも、ぼうず頭をしょっちゅうなでる。なくした宝物《たからもの》を探《さが》しているみたいに。

ガーティは劇《げき》のことで頭がいっぱいで、ジュニアの泣《な》き言《ごと》をほとんどきいていなかった。吸《す》いよせられるように、メアリー・スーのまわりにできた人だかりに近づいていく。

「オーディションで一番目にだいじなのは……」メアリー・スーは、かん高い声で話していた。目をかがやかせ、リップグロスをぬったくちびるにブロンドの髪《かみ》がかかっているのに、はらおうともしない。

ロイとレオは、ひたいをつきあわせ、どうすればミセス・ステビンスの劇《げき》で恥《はじ》をかかずにすむのか話しあっていた。

「フライドポテトを天井《てんじょう》から雨みたいにふらすのは？」レオがアイデアを話している。両手の指を下にむけてひらひらさせているのは、フライドポテトがふってくるところらしい。

ガーティは、みんなの輪《わ》にそっと近づき、つま先立ちになって身を乗りだした。話に入りたい。もどかしくて、指先がじんじんする。

「格闘《かくとう》シーンを入れたい」

ガーティはレオの声をまねして、熱《ねつ》っぽい調子でいった。「いい食べ物と、悪い食べ物をケンカさせるんだ」

ロイは目をかがやかせ、うっとりした顔になった。ニンジンを床《ゆか》に組みふせているところを想像《そうぞう》しているにちがいない。

「そうそう、ケンカがなくちゃな！　フォークと――」そこまでいいかけて、ロイははっとした。相手がガーティだと気づいたロイは、ぷいっとそっぽをむいてしまった。

18　いらない！

美術《びじゅつ》・音楽・演劇《えんげき》の授業《じゅぎょう》をうける教室には、テーブルや、いろんな形のいすや、スパンコールのはがれた衣装《いしょう》や、いろいろな作品が置《お》いてあって、床《ゆか》には、かわいてはがれた絵の具やのりが、点々と落ちている。美術《びじゅつ》の授業《じゅぎょう》のときは、ちびたクレヨンで絵をかいたりする。音楽の授業《じゅぎょう》のときは、アメリカの愛国歌《あいこくか》〈アメリカ・ザ・ビューティフル〉をくりかえし歌ったりする。のどがからからになって声がかれても、ミセス・ステビンスはおかまいなしだ。水を飲んでもいいですか、と頼《たの》めるようなつわものはいない。演劇《えんげき》の授業《じゅぎょう》のときは、ジェスチャーゲームをしたり、ジャングルの動物や木のまねをしたりする。ガーティは、演劇《えんげき》が一番好《す》きだった。

今日、ミセス・ステビンスは生徒《せいと》たちをすわらせた。お墓《はか》みたいにしずまりかえった教室で、ミセス・ステビンスは劇《げき》の台本《だいほん》を読んできかせた。エバンジェリーナは、いつもふきげんな女の子だけど、台本《だいほん》によれば美少女で、病気になると、みんなが心配《しんぱい》してくれる。劇《げき》に出てくるみんなは、すごくやさしい。

ガーティは、劇《げき》に出ている自分の姿《すがた》を想像《そうぞう》した——おおぜいの観客《かんきゃく》が息をつめてみまもるなか、ガーティ＝エバンジェリーナはどんどんやつれていく。そうして、あやういところで駆《か》けつけたアスパラガスに命をすくわれると、観客《かんきゃく》の拍手《はくしゅ》かっさいをあびながら、弱々しくほほえんでみせるのだ。

ミセス・ステビンスの声で、物思いにふけっていたガーティははっとした。「これで、どんな劇《げき》かはわかったね。じゃ、やりたい役《やく》のオーディションに申しこみなさい」

クラスメートたちは戸棚《とだな》にはられた申しこみ用紙の前にわっと集まった。ガーティはだれかに押《お》しのけられて、すみに立てかけてあった張《は》りぼてのアヒルにぶつかった。いそいで立ちあがったときには、用紙の前に詰《つ》めかけたみんなのうしろにならぶしかなかった。前にはジューンとエラがいる。

「あたし、エバンジェリーナのオーディション受けようかな」ジューンは、ライバルがいないかたしかめようと、つま先立ちになって伸《の》びあがった。ガーティには、ジューンの太いおさげしかみえない。

「ウソでしょ」エラが小声でいった。声をひそめているつもりらしいけど、ガーティには丸聞こえだし、ほかのみんなにもしっかりきこえているはずだ。「ジューンってば、まさか本気じゃないわよね。エバンジェリーナのオーディションはメアリー・スーが受けるのに。あの子、ぜったい合格《ごうかく》するわよ。文句《もんく》なしにかわいいし。オーディションを受けて落ちたりしたら、死ぬほど恥《は》ずかしいわよ」

ジューンは、つま先立ちをやめた。「そっか。メアリー・スーが受けるなら、あたしなんてむりね」

ガーティはうつむき、汚《よご》れたテニスシューズのつま先をみた。

「あの子、もう女優《じょゆう》みたいなものでしょ」エラはうなずきながらいった。「お父さんは映画監《えいがかん》督《とく》だし、ジェシカ・ウォルシュと仲良《なかよ》しだし」

「たしかに」ジューンは少しうなだれ、すぐに笑顔《えがお》になった。「そうだ！　ジェシカ・ウォルシュがあたしたちの劇《げき》に出てくれたら最高《さいこう》じゃない？」

「ちょっと！」メアリー・スーが、いきなりジューンとエラのあいだに割《わ》って入った。「わたしの演技《えんぎ》だってジェシカ・ウォルシュくらいうまいわよ」

あとずさったジューンがガーティの足を踏《ふ》む。「そんな、べつに、芸能人《げいのうじん》が劇《げき》に出てくれたらすてきだろうな、って思っただけ。それだけよ」

メアリー・スーは、大げさにあきれた顔をしてみせた。「芸能人《げいのうじん》とほんものの天才は、ぜんぜんちがうのよ」そういうと、くるっとジューンに背《せ》をむけた。

エラとジューンは、メアリー・スーのうしろで顔をみあわせた。

「あたし、キュウリになろうかな」しばらくして、エラがつぶやいた。「キュウリって、ほそいし」

「じゃあ、あたしは?」ジューンがいう。

「カボチャにしたら?」

ジュニアは戸棚《とだな》の前に立ちつくしていて、まわりの子たちに、はやくしろとせっつかれている。ジュニアは目をつむり、えんぴつであてずっぽうに申しこみ用紙をさした。えんぴつの先がジャガイモの役《やく》をさしているのをたしかめると、そのわきに名前を書きこんだ。

ジュニアの真横《まよこ》に立っていたロイが、耳元に顔を近づけてねこの鳴きまねをした。「ミャーオ」

ジュニアはぎょっとして、両腕《りょううで》をふりまわしながらとびあがった。ひじがロイの鼻にはげしく当たる。

ロイは両手で顔をおおった。「いって!」

ほかのみんなが、反射的《はんしゃてき》にロイとジュニアからあとずさる。

レオがやじをとばした。「エルボー! おみごと!」

ジュニアは、鼻をおさえてわめいているロイから、よろよろあとずさった。ミセス・ステビンスがロイに近づく。ガーティたちははっと息をのんだ。

ミセス・ステビンスはロイの鼻をみると、診断《しんだん》をくだした。「これっぽっちでさわぐんじゃないよ」

ロイは涙目《なみだめ》でうったえようとした。「けど――」

ミセス・ステビンスが、おどすように戸棚《とだな》の取っ手に手をかける。クラスのみんなが、大急ぎでさらに何歩かあとずさった。「まださわぐ気かい？」

「ええと、あの、いいえ」ロイは口ごもった。一瞬《いっしゅん》、そこに古い絵の具や画用紙といっしょに大昔から閉《と》じこめられているという、かわいそうな生徒《せいと》たちのことを考えたにちがいない。

最後《さいご》に名前を書いたのはガーティだった。申しこみ用紙には、クラスメートたちが自分の名前を書きなぐっている。ペンやえんぴつの濃《こ》い文字やうすい文字が、オレンジやバナナ、キュウリ、キャンディ、コーラ、ポテトチップスなんかの役《やく》のとなりにならんでいる。

エバンジェリーナの欄《らん》に名前を書いたのはたったひとり。メアリー・スーだ。堂々《どうどう》と書かれた名前のわきには、小指のつめの半分くらいのスペースしかのこっていない。

ガーティは、両手でえんぴつをにぎりしめていた。バナナにはなりたくない。コーラにもなりたくない。だけど、エバンジェリーナのオーディションを受けて落ちたら、ぜったいに恥《は》ずかしい。みんなにさんざんからかわれるに決まっている。申しこみ用紙をにらんでいるうちに、頭がくらくらしてきた。

「もちろんガーティは主役《しゅやく》をやる気よね」メアリー・スーが大きな声でいった。みんなの視《し》線《せん》があつまる。「だって」メアリー・スーは、声をあげて笑《わら》いながらつづけた。「世界一の五年生になるミッションがあるんだもの」

レオが鼻で笑《わら》った。

ガーティは下くちびるをかむと、申しこみ用紙にぐっと顔をよせ、〈ぜったいに野菜《やさい》を食べないエバンジェリーナ役《やく》〉のとなりにのこされたわずかなスペースに、ねじこむように自分の名前を書きこんだ。

「ほんと、笑《わら》いものになるのが好《す》きよね」また、メアリー・スーの声がきこえた。

＊　＊　＊

ガーティは、笑《わら》いものになるつもりなんかなかった。これからは、一分一秒もむだにしないで、エバンジェリーナの役《やく》を練習するかくごだ。あの役《やく》を手に入れるには、いままでの何倍もがんばらなくちゃいけない。

「あたし、トゥインキーがだいすきなの」ガーティは翌朝《よくあさ》バスに乗ると、ジュニアを相手に練習をはじめた。トゥインキーをまるごと口に押《お》しこむ。つづけて、こういうつもりだった。〝あたし、おかしがだいすき――おかししか食べないわ〟。ところが、口の中はトゥインキーでいっぱいで、実際《じっさい》にはこんなふうにしかきこえなかった。「あたふぃ、おかふぃふぁはいふひ。おかふぃふぃかたへないふぁ」

「よかった」ジュニアはねむそうに目をこすりながらいった。「ぼく、ジャガイモの役《やく》に申しこんだんだ。ガーティに食べられずにすむね」

それからというもの、ガーティは、転んだり、つまずいたり、どこかをぶつけたりするたびに、おなかを押《お》さえていった。「ああママ、あたし具合が悪いの！」これは、劇《げき》のクライマックスでエバンジェリーナが病気になったときのせりふだ。ガーティは、ソファにクッションを積《つ》みかさね、気絶《きぜつ》してたおれるシーンを練習した。気絶《きぜつ》するふりがうまくなると、クッションを使わなくてもすむようになった。床《ゆか》の上で気絶《きぜつ》しても平気になったのだ。

ミッション第……なんとか号――演劇界《えんげきかい》のスターになれ。

＊＊＊

その日はお昼から夕暮《ゆうぐ》れまで庭で練習し、さっそうと家の中にもどると、ぬいだうわぎをほうり投げ、夕食の時間ぴったりにドスンといすにすわった。レイおばさんが、オードリーのお皿に豆をひとすくい盛《も》りつけ、お鍋《なべ》をかかえてガーティのとなりにくる。ガーティは、さっそく身ぶるいした。

レイおばさんはスプーンで豆をすくい、少しかたむけて水を切ると、ガーティのお皿によそおうとした。「ほら、あんたも――」

「いらない！」ガーティ＝エバンジェリーナは、みるもおぞましいものを追いやるようなしかめっ面《つら》をして、豆を追いやろうと両手をふった。「あたし、豆なんかきらい」

ううん、ちょっとちがう。エバンジェリーナっぽくない。ガーティは、はじめからやりなおした。

「あたし、豆なんかみるのもいやなの。ああ、きもち悪い。ああ、死にそう！」ガーティはおびえた顔で悲鳴をあげ、のどをつまらせる演技《えんぎ》をした。

ひとしきりのどをゲホゲホいわせて、はきそうなふりをすると、顔を横にむけてテーブルにつっぷし、だらりと舌《した》を垂《た》らして五つかぞえた。体を起こし、真顔にもどって目にかかった髪《かみ》をはらう。

レイおばさんとオードリーが、じっとみている。

「なんのまねだい」レイおばさんがたずねた。

オードリーは豆をひとつぶつまんでしげしげながめ、むずかしい顔になった。食べてもいいのか不安《ふあん》になったらしい。

「エバンジェリーナになってるところ」ガーティは説明《せつめい》した。「劇《げき》の主役《しゅやく》なんだ。みんなの人気者で、豆も野菜《やさい》も絶対《ぜったい》食べないっていう設定《せってい》なの」

レイおばさんは、らんぼうに豆をすくい、ガーティのお皿にあけた。汁がはねて、ガーティの顔にかかる。「あたしゃ、そんな子はおことわりだね」そういうと、お鍋《なべ》のふちにスプーンの柄《え》をコツコツ当てて、のこっていた豆を落とした。

ガーティは顔をふきながらため息をついた。「レイおばさん、エバンジェリーナはみんなに好《す》かれてるんだよ。かわいいし、おもしろいし、病気になっちゃうし。でもだいじょうぶ。最《さい》後《ご》にはお母さんが助けにきて、野《や》菜《さい》をたくさん食べさせてくれるから」

「へーえ」レイおばさんはしぶい顔だ。「お父さんは、なんていうかね。あんたが夕食を食べないっていってきいたら」

ガーティは、お皿の上の豆をつつきまわした。「エバンジェリーナにお父さんはいないから」

ガーティの想像《そうぞう》するかぎりでは、いないことになっている。ミセス・ステビンスもお父さんの話はしていなかった。

レイおばさんは、豆の入ったお鍋《なべ》を荒《あら》っぽくテーブルに置《お》いた。「あんたにはお父さんがいるじゃないか。いまこの瞬間《しゅんかん》も、石油《せきゆ》プラットホームではたらいてるんだよ」

ガーティは、スプーンの背《せ》で豆を押《お》しつぶした。

「顔をあげな」

ガーティは、しぶしぶレイおばさんをみあげた。

「あんたはいっつも、持ってないものを手に入れようとして、やっきになってる。でも、持ってるものにはろくに感謝《かんしゃ》しない」レイおばさんは首を横にふった。「あんたはね、あたしたちが束《たば》になったってかなわないくらい、おもしろいことを思いつく子だ。でもねガーティ、ぜんぶがぜんぶ、ほめられた思いつきばかりじゃないよ」レイおばさんはそういうと、鼻息《はないき》も荒《あら》くキッチンを出ていった。

オードリーはいすから身を乗りだし、小さな声でたずねた。「もうパパのことはいらないの?」

オードリーが話しかけてきたのは、ガーティがひどい言葉を投げつけたあの日以来《いらい》だ。

「まさか、そんなことないよ」ガーティには、もちろんお父さんが必要《ひつよう》だ。ただ、お父さん以外《いがい》のものも必要《ひつよう》なだけなのだ。

ガーティは、つぶした豆を口にはこんだ。とくべつに、ひと口だけ。もしかしたら、レイおばさんがきげんを直してくれるかもしれないから。

「ママとパパは、あたしのこと愛《あい》してるよ」オードリーはいった。お気に入りのメロドラマのせりふを暗唱《あんしょう》しているみたいな、ぎこちない言い方だ。「あたしとずっといっしょにいたいって思ってるよ。でも、お仕事もしなくちゃいけないから」オードリーは、両手をおしりの下にしいた。

ガーティは、豆をぎゅっとかみしめた。『だから、あんたのパパとママは、あんたにいてほしくないんだよ!』あの時いってしまった自分の言葉が、耳の奥《おく》でひびいていたい。ガーティは、豆をむりに飲みこんだ。

レイおばさんは夕食に口をつけなかった。かわりに洗濯《せんたく》をした。いったいどこから、あんなにたくさんの洗濯物《せんたくもの》をみつけてくるんだろう。緊急用《きんきゅうよう》の洗濯物《せんたくもの》をひと山かくしているみたいだ。こんなとき、力まかせに洗濯機《せんたくき》に押《お》しこめるように。

やがて、ウィリアムズさんたちがオードリーをむかえにきた。チャイルドシートにすわらせてシートベルトをしめる。レイおばさんは玄関《げんかん》に立って、三人に手をふった。

19 ジャガイモはふるえない

ガーティは、クラスのみんなと講堂《こうどう》にあつまっていた。みんな、かくそうとしているけど、そわそわしている。

「ロイ・コルドウェル、ハム役《やく》」ミセス・ステビンスが発表した。

「オーディションはなしですか?」ロイがたずねた。

ミセス・ステビンスは、クリップボードからぎょろっと目をあげた。「ハム役《やく》に申《もう》しこんだのはあんたひとりだったからね」

「そりゃそうだよな。ハムなんか、だれがやりたいんだよ!」ロイはいすをけたてて立ちあがり、足を踏《ふ》みならしてドアへむかった。「バカみたいだ。ハムはゾンビもたおせないし、あくまにおそわれた町もすくえないし。ハムのできることってなんだよ? 食われるだけ!」

「ミスター・コルドウェル、どこいくんだい」

ロイは肩《かた》ごしに答えた。「こんなのほんとのオーディションじゃないし、休み時間がもったいないんで」

「おすわり」ミセス・ステビンスはしずかにいいながら、戸棚《とだな》のカギをちゃりっと鳴らした。

ロイがぴたっと足を止めた。両手をポケットにつっこみ、床《ゆか》をにらみながらもどってくる。そして、すわった。

「ジーン・ゼラー、コーラ役《やく》」ミセス・ステビンスはクリップボードに目を落としたまま、名前と役《やく》を読みあげていった。

「さて、あとは」ミセス・ステビンスはいった。「ジュニアとレオ。あんたたちはふたりともジャガイモ志望《しぼう》だったから、オーディションをする。メアリー・スーとガーティも、どっちがエバンジェリーナになるか、オーディションだ」

ジュニアがステージにあがり、よろよろと歩く。目かくしをして海に突《つ》きだした板を歩かされる海ぞくみたいだ。ステージの中央にたどりつくと、立ちどまり、ぶるぶるふるえ出した。

レオはこぶしを作り、関節《かんせつ》をぽきぽき鳴らしている。

「じっとしとくんだよ」ミセス・ステビンスはジュニアに命じると、ステージをおりてふりかえった。数歩さがり、けげんそうな顔でジュニアをみる。

ジュニアは両手をポケットに入れた。とうとう、全身ががたがたふるえはじめた。

「じっとしとくれ」ミセス・ステビンスがくりかえした。「あんた、ふるえてるじゃないか。ゼリーじゃないんだ。ジャガイモはふるえない」

「あいつ、ゼリーの役《やく》になればいいのにな」ユアンがいった。

「ゼリーの衣装《いしょう》ってどうやって作るの?」ジューンがいう。

「どんな役《やく》だってアイスクリームよりましだ」ユアンは返した。「って、ママがいってた」

ミセス・ステビンスは片手《かたて》でひたいをおさえた。「これじゃむりだ」そういうと、一番前の席《せき》にすわって待っていたレオを指さした。「ジャガイモ役《やく》はあんただね」

「あんたは……」ミセス・ステビンスはジュニアをふりかえり、うんざりしたように手をふった。「べつの役《やく》。また考えるよ」

こうしてすぐに、メアリー・スーがオーディションを受ける番になった。メアリー・スーが、ミセス・ステビンスに大きなふうとうをわたす。

「なんだ、あれ」レオがたずねた。

「履歴書《りれきしょ》と、プロフィール写真」エラが小声でおしえる。じょうしきでしょ、といいたげだ。

メアリー・スーは、肩《かた》ごしにガーティをみた。視線《しせん》をちょっと下げて、からっぽの両手をちらっとみる。ガーティは、プロフィール写真なんかもっていない。履歴書《りれきしょ》もない。メアリー・スーは、あきれたように目をみひらいた。

ガーティはくちびるをかんだ。どうして、〝りれきしょ〟をもってこなかったんだろう?りれきしょってなんだろう? ガーティは席《せき》のひじかけをにぎりしめ、うつむきたいのをこらえて前をみた。メアリー・スーが、ステージの中央に進みでる。

「野菜《やさい》を食べてちょうだい、エバンジェリーナ」ミセス・ステビンスが、エバンジェリーナの母親のせりふを読んだ。

メアリー・スーは、肩《かた》をそびやかした。「いやよ」よく通る声が、講堂中《こうどうじゅう》にひびきわたる。「あたしは野菜《やさい》がきらいなの」メアリー・スーは堂々《どうどう》と立ち、せりふをちゃんといった。ステージにいるメアリー・スーは完《かん》ぺきだ。お姫《ひめ》さまみたいなブロンドの髪《かみ》、ピンク色のくちびる、すきとおった白い肌《はだ》。

ガーティは今日も、どこを取ってもガーティだ。だけど、こんなときは、自分らしくいるだけじゃだめなのだ。

まわりをみまわし、ほかの子たちがメアリー・スーの演技《えんぎ》をどう思っているのか表情《ひょうじょう》をうかがう。だけどみんなは、となりの席《せき》の子と小声でしゃべったり、指にひもを巻《ま》きつけたり、うわぎのジッパーをせわしなく上げ下げしたりしていて、ステージのほうはろくにみていない。

「はい、けっこう」ミセス・ステビンスは、メアリー・スーが最後《さいご》のせりふを終えるといった。

メアリー・スーはきどった顔でステージをおり、すれちがうときもガーティには目もくれなかった。

ガーティは階段《かいだん》をのぼり、ステージの中央へ歩いていった。蛍光灯《けいこうとう》の光がまぶしい。前をむくと、みんながガーティをみあげて、足をぶらぶらさせている。靴《くつ》のかかとがいすの脚《あし》を打つトントンという音がする。ガーティは、ジュニアに負けないくらいふるえていた。

「野菜《やさい》を食べてちょうだい、エバンジェリーナ」ミセス・ステビンスがせりふをいった。

沈黙《ちんもく》。

「野菜《やさい》を食べてちょうだい」ミセス・ステビンスがくりかえす。

ガーティは、ごくっとつばを飲んだ。

レオが小声でジューンになにかいっている。メアリー・スーが、にっこり笑《わら》った。〝がんばって〟の笑顔《えがお》じゃない。〝あんたなんかワニに食われればいいのよ〟の笑顔《えがお》だ。ふつうの子なら、自信《じしん》をなくして、へなへなとすわりこんでもおかしくないところだ。だけど、ガーティは、ふつうの子じゃなかった。

ミセス・ステビンスがチッチッと舌《した》を鳴らす。「ミス・フォイ、もし――」

「いやよ」ガーティはせりふをいった。「あたしは野菜《やさい》がきらいなの！」夏休みのスピーチみたいにやればいい。だいじなのは、なにをいうかじゃない。どういうかだ。ガーティはこぶしをにぎりしめると、顔をくしゃくしゃにしてじだんだを踏《ふ》みながら天井《てんじょう》にむかってさけんだ。

「野菜《やさい》なんか、だいっきらい！　いやよ！　食べない!!」

「おかしばっかり食べてたら病気になるわよ」母親のせりふがきこえてくる。

「病気になんかならない！」エバンジェリーナはいった。「おかしが体に悪いなんてウソだもの。おかしは体にすごくいいの！」ガーティはばんざいをして天井《てんじょう》をあおぎ、片足《かたあし》でくるくる回った。いきなり床《ゆか》にダイブすると、今世紀最大《こんせいきさいだい》のかんしゃくを起こして猛然《もうぜん》と手足をばたつかせる。目にみえないおかしを両手でがつがつ食べ、ごろんとあおむけになると、おかしの感触《かんしょく》を楽しんでいるみたいに床《ゆか》をなでた。病気だ。まちがいない。このままじゃ死んでしまう。

「光よ！」ガーティはさけんだ。「光がみえる！　なんてきれいなの！」台本《だいほん》にはないせりふだったけど、こんなときにはぴったりな気がした。ガーティは目を閉《と》じ、がくっと首から力をぬいた。

ミセス・ステビンスは押《お》しだまっている。あたりは、しん、としずまりかえっていた。ガーティは片目《かため》をあけ、みんなの様子をうかがった。それから、もう片方《かたほう》の目もあけた。クラスのみんなは、ジッパーをいじってもいなければ、いすの上でそわそわしてもいない。ステージをみあげたまま、ぽかんとしている。ガーティのこんしんの演技《えんぎ》で、脳《のう》がショートしたみたいだ――ビリビリ、バン！

ミセス・ステビンスは、考えこむような顔でおだんごからとびだしていたヘアピンを押《お》しこむと、宣言《せんげん》した。「エバンジェリーナは決まりだね」

「すごいすごいすごい!」ガーティは、バスの座席《ざせき》でとびはねた。座席《ざせき》のスプリングが、歓声《かんせい》をあげているみたいにキイキイきしむ。

「信《しん》じられない信《しん》じられない信《しん》じられない」ジュニアはなんどもつぶやいている。

だけど、ガーティには信《しん》じられた。ずっとがんばって、クラスで一番になるために努力《どりょく》してきたんだから。これってなんだか、あの絵本みたい。あの、顔のある機関車《きかんしゃ》の絵本。機関車《きかんしゃ》は、がんばって走って、えんとつから煙《けむり》をあげて、山をのぼりきろうとする。だけどなかなか進めなくて、みんながまさにあきらめかけたそのとき、とうとうやりとげて、ハッピーエンドへと走りこんでいく。それにこれって、おとながよく使う例《れい》の決まり文句《もんく》、「だからいったでしょ」がぴったり当てはまりそう。それか、ジェットコースターが一番高いところへきたときに両手を突《つ》きあげるあの瞬間《しゅんかん》みたい。ここは人生の絶頂《ぜっちょう》。できるだけ長くこの瞬間《しゅんかん》をあじわいたい。

ガーティは、両手でほっぺたをおさえた。

あのあとメアリー・スーは、ミセス・ステビンスに、もう一度オーディションを受けさせてくださいと頼《たの》んだ。すごくとりみだしているみたいだった。泣《な》きそうな顔で、頭をかかえていた。絶望《ぜつぼう》しているみたいだった。

ガーティは、メアリー・スーのつらそうな表情《ひょうじょう》を頭から追いやった。自分はズルなしでたたかって、劇《げき》の主役《しゅやく》を勝ちとった。胸《むね》を張《は》っていればいいんだ。これは努力《どりょく》のたまものだし、それに、メアリー・スーはいけ好《す》かない。

「信《しん》じられない」ジュニアは、まだいっている。

ガーティ＝エバンジェリーナ＝世界一の五年生は、胸《むね》をたたいていった。「ほらね？　あたしは、いつだってミッションをやりとげる。そういったでしょ？」

まいあがっていたガーティは、バスがジョーンズ通りに入ったことにも、レイチェル・コリンズの家が近づいていることにも、気づいていなかった。それでも、バスが家の前にさしかかった瞬間《しゅんかん》、ガーティの目は自動的《じどうてき》に窓《まど》の外をむいた。ガーティが蚊《か》だとしたら、あの家は電気虫取り器《むしとりき》だ。どうしたって吸《す》いよせられる。ガーティの目は、レーダーでもついているみたいにレイチェル・コリンズの家をむき、そして、庭に立っているはずの看板《かんばん》を探《さが》した。すべてのはじまりになったあの看板《かんばん》を。だけど、ない。

かわりに、新しい看板《かんばん》があった。**〈売却済《ばいきゃくず》み〉**。レイチェル・コリンズの家の庭に立った看板《かんばん》には、たしかにそう書いてあった。**〈売却済《ばいきゃくず》み〉**。くっきりと太く、真っ赤な字で。


売却済《ばいきゃくず》み。

20 いわない

ジュニアはガーティの腕《うで》をつかんでゆさぶり、なんどもくりかえした。「ねえ、どうするつもり?」

ジュニアの言葉が、蛇口《じゃぐち》の水もれみたいに、頭のなかにぽたぽた落ちる。どうするつもり? どうするつもり? どうするつもり? ガーティはバスに乗っているあいだずっと、その水もれみたいな声をききながら押《お》しだまっていた。

家につくと、重い足取りで庭を歩き、網戸《あみど》を押《お》しあけて中へ入り、体を引きずるようにして自分の部屋へいった。まくらに顔をうずめる。どうするつもり? どうするつもり? どうするつもり?

まにあわなかった。ジョーンズ通りのあの家は売れてしまった。知らない人のうちになってしまった。母親は、いまこの瞬間《しゅんかん》にもひっこしてしまうかもしれない。

どうするつもり?

ガーティは、まくらを部屋のむこうへほうった。いまやらなくちゃいけないのは、レイチェル・コリンズに、自分がどんなにすばらしい子どもか教えることだ。劇《げき》のこと、百点を取ったこと、ほかにもいろんなことを教えてあげなくちゃ。時間がない。

ガーティは急いで部屋を出ると、キッチンをのぞいた。レイおばさんは冷蔵庫《れいぞうこ》をあけて中をのぞきこんでいる。ガーティはしのび足でキッチンの前を通りすぎると、音を立てないようにコートかけに近づいた。うわぎをはおって、ジッパーを上げる。ドアノブにのばした手がふるえた。丸いドアノブの真ちゅうに、ゆがんだ自分の影《かげ》が映《うつ》っている。

ふいに、床《ゆか》がきしむ音がした。あわててふりかえると、オードリーが立っている。口にくわえた二本のクレヨンが、セイウチの牙《きば》みたいに突《つ》き出《だ》している。

「オードリー！」ガーティは、声をひそめていった。「あっちいってて」

クレヨンが床《ゆか》に落ちた。オードリーは、ガーティのうわぎをじっとみている。「お出かけ？」

ガーティは、あんたは子どもなんだから関係《かんけい》ないよ、といいかけて口をとじた。歩道にしゃがみこんで泣《な》いていたオードリーの姿《すがた》を思いだす。オードリーは、メアリー・スーのパーティーで起こったことをレイおばさんにいいつけたりしなかった。もしかすると、ガーティが思ってるほど子どもじゃないのかもしれない。

「教えるけど、だれにもいわないで。だいじなことなんだ。あたし、劇《げき》の主役《しゅやく》になった」

オードリーは、おどろいた顔になって、両手をだらんとわきに垂《た》らした。

「劇《げき》があるって話したのおぼえてる？」

キッチンから、お鍋《なべ》をコンロにおく音がきこえた。レイおばさんがラジオをつける。

オードリーがうなずく。「豆が大きらいな子の話でしょ」

「そう。あたし、これからレイチェ――お母さんに――」ガーティはひと息ついた。「主役《しゅやく》に選《えら》ばれたことを話しにいくんだ」声に出していってみると、いよいよその時がきたんだ、と気が引きしまった。レイチェル・コリンズに会いにいくんだ。ただの思いつきじゃない。ほんとうにいくんだ。

「会うの？」オードリーは、床《ゆか》にころがったクレヨンをひろった。

「でも、レイおばさんにはいわないで。絶対《ぜったい》だめだっていうから」

オードリーはうなずいた。

「だいじなことなんだ」ガーティはいった。「あの人……あの人は、あたしのお母さんなんだ」

オードリーはまたうなずいた。「いわない」

ガーティには、その言葉がほんとうだとわかった。オードリーは、わかってくれた。

ガーティはドアにむきなおった。ドアノブをつかんで引っぱり、外に出る。階段《かいだん》をとびおりると、茶色い枯《か》れ草《くさ》をさくさく踏《ふ》み、荒《あ》れた庭をぬけて通りへ出た。うしろはふりかえらなかった。

ガーティは歩いて、歩いて、歩いた。このあたりは、アニメに出てくるような明るい通りじゃない。レイおばさんの家は裏通《うらどお》りにあって、ほそうされた歩道もなければ、街灯《がいとう》もない。片《かた》側《がわ》にならぶ大きな木が、道のほうにまでせり出している。もう片側《かたがわ》では、枯《か》れた綿《わた》の木の枝《えだ》が、風にふかれてカサカサ音を立てていた。ガーティはあごを上げて両腕《りょううで》をいせいよくふり、大きな歩幅《ほはば》で歩きつづけた。だいじな用事がある人みたいに。そうすれば、車でそばを通りすぎていく人たちも、〝あの子はどうもだいじな用事があるらしい〟と合点《がてん》して、おまわりさんを呼《よ》んだりしないはずだ。

しばらくして角を曲がると、通りにならぶ家の数がふえてきた。レイチェル・コリンズに、劇《げき》の主役《しゅやく》になることを話そう。ロケットを返してあげよう。そしたら、ガーティが宇宙一《うちゅういち》すばらしい子どもだと知って、きっとすごく後悔《こうかい》するだろう。レイチェル・コリンズに教えてやるのだ。ガーティとお父さんを捨《す》てていったのは大失敗《だいしっぱい》だったことを。ウォルターと結婚《けっこん》するのは、ふたつ目の失敗《しっぱい》だということを。幸せになりたいなら、ガーティみたいな子どもがいるだけで十分なんだから。ガーティは、歩きながらすこし胸《むね》をはった。

べつの角を曲がると、ジョーンズ通りにとうちゃくした。ここにはちゃんとした歩道があって、家がたくさんならんでいる。街灯《がいとう》に照《て》らされた自分の白い息がみえる。ジョーンズ通りは、レイおばさんの車やバスに乗っていないと、すごく遠い気がした。だけどガーティは、その遠い距離《きょり》がうれしかった。

歩けば歩くほど、いいことが起こりそうな予感が強くなっていく。たくさん歩けば歩くほど、えらい子になっていくような気がする。一歩は一ポイント、コインひとつ、金の星ひとつで、それをためていくと、一番いい賞《しょう》がもらえるんだ。

ガーティは休まず歩きつづけ、とうとう、めあての家の玄関《げんかん》で足をとめた。ひとさし指をあげ、チャイムの一センチ前でとめる。車が一台、そばを走っていった。どこかの家で犬がきゃんきゃん吠《ほ》えている。ガーティは、チャイムを押《お》した。家の中で、キンコンという音がする。ドアがあいた。暗やみにあたたかい明かりがこぼれる。レイチェル・コリンズが笑顔《えがお》であらわれた。

21　六時だよ

レイチェル・コリンズはにこやかにドアをあけ、ガーティをみおろした。その瞬間《しゅんかん》、笑顔《えがお》がすっと消えた。

「なんで――」レイチェル・コリンズは口をつぐみ、いいなおした。「どうしてここへ？」

「あたしだよ」ガーティはいった。「ガーティだよ」

「ええ、知っているわ」

「あの」ガーティは口ごもった。いまこそ、自分がなにをやりとげたか、母親に報告《ほうこく》するときだ。世界一の五年生になるというミッションはドラゴンみたいに手ごわかったけれど、自分はやっつけてみせたのだ。ガーティは口をひらき、なんども練習したせりふをいおうとした。

問題がひとつあった。この瞬間《しゅんかん》を想像《そうぞう》するとき、頭のなかのレイチェル・コリンズは、いつもほんものじゃなかった。つぎはぎだらけの想像《そうぞう》だった。何年もかけて集め、つなぎ合わせた、ささやかな思い出のよせあつめだった。

だけど、ここにいるレイチェル・コリンズは、けわしい顔でドアをつかんでいる。ガーティとおなじ茶色い髪《かみ》だ。香水《こうすい》のかおりが届《とど》くくらい近くに立っている。

「あの……」ガーティは、また口ごもった。

母親はゆっくりとドアをあけた。眉間《みけん》のしわが深くなる。そして、とまどいをふりきったように、背《せ》すじをぴんとのばした。

「どうぞ、入って」レイチェル・コリンズはいった。

ガーティは、玄関《げんかん》のしきいを踏《ふ》みこえて、ジョーンズ通りの家のお手本みたいな家に入った。家のなかをみまわす。広々としたろうかだ。色あせた〈売り出し中〉の看板《かんばん》がかべに立てかけてある。奥《おく》から食器《しょっき》やグラスがふれあう音がきこえてくる。うしろで玄関《げんかん》のドアがガチャンと音を立てて閉《し》まった。

レイチェルがガーティの肩《かた》に手をおき、ガーティはうながされるままに、広いろうかを歩いてキッチンへ入っていった。最新式《さいしんしき》のキッチンは、まぶしいくらいぴかぴかだ。クリームをぬられたケーキが、大きなクリスタルのお皿にのっている。

雑誌《ざっし》に出てくるみたいなキッチンだけど、すみには段《だん》ボール箱が積《つ》んである。箱はガムテープでとじられていて、マジックで中身が書いてあった。〝料理本《りょうりぼん》〟とか、〝コップ〟とか、〝料理道具《りょうりどうぐ》〟とか。ガーティは箱から目をそむけ、目のはしでケーキを観察《かんさつ》した。ケーキにはチョコレートで文字が書いてある。〝ハッピーバースデー　レイシー！〟

「レイシーってだれ？」ガーティはたずねた。

たずねたとたん、とっさに首をすくめた。きかなきゃよかった。ききたくない。

「レイおばさんに連絡《れんらく》するわ」うしろでレイチェルがいった。

「だめ！」ガーティは急いでふりかえった。「待って――」

「大きな声を出さないで」レイチェルがキッチンのドアに目をやる。むこうの部屋から、小さな女の子の笑《わら》い声《ごえ》がきこえてくる。ガーティは、もっと首をすくめた。

「あたし、あなたと話しにきたんです。レイおばさんが知ったら……」ガーティは説明《せつめい》しようとした。母親は、きこえていないみたいに電話をかけはじめた。

うわぎの下で汗《あせ》がふきだす。指先がじんじんする。ミッションが失敗《しっぱい》しそうな、いやな予感がふくらんでくる。だけど、それでもガーティは、母親が慣《な》れた手つきで電話のプッシュキーを押《お》すすがたを、ほれぼれとながめた。世の中には、どんなしぐさにも意味があるようにみえる人たちがいる。レイチェル・コリンズも、そんな人たちのひとりだった。片手《かたて》を腰《こし》に当てて軽くうつむき、そのまま受話器《じゅわき》にむかって話しだすところなんて、いかにも仕事ができそうだ。

「もしもし、レイチェルです」

母親はキッチンにいるところがにあわなかった。服はおしゃれすぎるし、アクセサリーもごうかだし、こんなかっこうでお料理《りょうり》なんてできるんだろうか。レイおばさんは、キッチンに立つと、きまって洗剤《せんざい》や小麦粉《こむぎこ》まみれになる。

「ええ、うちにきてるんです」レイチェルが話している。「ガーティがうちへ。いきなりきて」少し間があった。「ええ、ええ、もちろん。わかりました」レイチェルが受話器《じゅわき》を置《お》き、ガーティにむきなおった。

「二時間前から探《さが》してたんですって。ものすごく心配《しんぱい》してらしたわ」レイチェル・コリンズは、ガーティの顔の上で視線《しせん》をさまよわせた。大きめの鼻やそばかすにがっかりして、ほかにいいところがないか探《さが》しているみたいだ。「急いでむかえにくるそうよ」

時間がない。ガーティは両手をにぎりしめた。「話があってきたんです。あたし、劇《げき》に出るんです」

レイチェルは、顔にかかった髪《かみ》をはらった。

「主役《しゅやく》なんです」ガーティは説明《せつめい》した。「エバンジェリーナです」こうして声に出してみると、言葉はちっとも思っていたように響《ひび》かなかった。空想《くうそう》のなかではいつも、このせりふをいった瞬間《しゅんかん》、あたりはぱっと明るくなり、ガーティは背《せ》がのび、レイチェル・コリンズはぽかんと口をあけて、感動のあまり言葉をうしなうはずだった。

現実《げんじつ》はおおちがいだった。しずまりかえったキッチンのなかで、冷蔵庫《れいぞうこ》の製氷機《せいひょうき》が、ガタッ、ガラッ、と音を立てる。

「そう。教えてくれてありがとう」レイチェルは、とまどったような声でいった。感心しているようにはみえないし、ガーティを置《お》いてひっこすことを後悔《こうかい》しているようにもみえない。

ガーティは、にぎりこぶしから力をぬいた。こんなはずじゃなかったのに。

計画では、ここで母親にロケットを返すことになっていた。ガーティは、シャツのむなもとに手をやり、布地《ぬのじ》の上から、ロケットのかたい感触《かんしょく》をたしかめた。これが、ミッションのしめくくりになる。

だけど、ガーティの体は動かなかった。このロケットを持っているうちは、レイチェル・コリンズをここに引きとめておけるような気がする。ロケットが段《だん》ボール箱にしまわれないうちは、レイチェル・コリンズは出発できないような気がする。ガーティは、背《せ》すじをのばした。

「劇《げき》、みにきますか?」考えるより先に言葉が出た。

「劇《げき》を?」レイチェルは首をかしげた。「いいえ、むりよ。それに、わたしは顔を出さないほうがいいと思うわ」

「ううん、そんなことありません」母親を劇《げき》に招待《しょうたい》しようというアイデアは、急に思いついたものだった。だけど、いい考えだ。母親は、この家の玄関《げんかん》を出て、ガーティの学校へきて、ガーティが演《えん》じるエバンジェリーナをみなくちゃ。スターになったガーティを、自分の目でたしかめなくちゃ。そうすれば、きっとわかる。そうすれば、ガーティのミッションは、はじめに計画したとおりにうまくいく。

「あなたたちのもとをはなれて、とても長い時間がたったのよ。いまさら顔をみせるなんて、できないわ」レイチェルは首を横にふった。「たとえ、そうしたくても」

ガーティは息をのんだ。じゃあ、ほんとはもどってきたかったってこと？「はなれてません。あたしがバスで通るところに住んでます」

母親は顔をこわばらせ、押《お》しだまった。

「レイチェル？」男の人の声がした。「レイチェル、どこにいるんだい？」

「すぐいくわ！」レイチェルは返事をして、ガーティにむきなおった。「いかなくちゃ。みんな、パーティーのために遠いところからきてくれたの。待たせちゃ悪いでしょう」背《せ》すじをのばしてつづける。「ケーキにキャンドルをともしてくるだけよ。すぐにもどるわ」レイチェル・コリンズは、ケーキのお皿を持つと、ドアをあけて足早《あしばや》にキッチンから出ていった。ハイヒールが、かたい床《ゆか》の上でコツコツ音を立てる。

ガーティは、レイチェルが閉《し》めていったドアをみつめながら、どうしてここに置《お》いていかれたのか首をかしげた。もしかしてレイチェルは、ガーティがぎょうぎの悪いことをしそうだとか、かんしゃくを起こすかもしれないとか、そういうことを心配《しんぱい》したのだろうか。心配《しんぱい》いらないのに。ガーティは、おとなたちにも負けないくらい、ぎょうぎよくテーブルについて、ケーキを食べられるのに。レイチェルを追いかけて、だいじょうぶだと教えてあげようか。

ガーティは、ドアに近づいて耳をすました。歓声《かんせい》があがり、ひとしきりおしゃべりがつづく。やがて、だれかがシーッというと、ハッピーバースデーの歌がはじまった。ガーティは、ドアを細くあけてのぞいた。

レイチェルは、こっちに背中《せなか》をむけている。男の人が――ウォルターにちがいない――、ネクタイがたれないように片手《かたて》で押《お》さえながら、ケーキの上にかがみこんで切りわけている。ちいさい女の子がふたり、手をたたいていた。どっちかがレイシーにちがいない。四人は、完《かん》ぺきな家族にみえた。理想的《りそうてき》な家族。オードリーの好《す》きな『わが家は十一人』みたいに。

ガーティは、あのドラマがずっときらいだった。

そのとき、レイチェル・コリンズが横をむいて、女の子のひとりににっこり笑《わら》いかけた。ガーティは、いままでとおなじように、その笑顔《えがお》を胸《むね》にしまいこんだ。母親の思い出コレクションにくわえるのだ。時々、笑《わら》うと目じりにすてきなしわができる人がいるけれど、レイチェルも、そんな人たちのひとりだった。

ガーティはキッチンにもどった。うしろで、ドアがひとりでに閉《し》まる。うわぎを着たまま冷《れい》蔵庫《ぞうこ》にもたれてずるずるしゃがんだ。床《ゆか》の上であぐらをかき、ももの上でほおづえをつく。目じりにしわのよった母親の茶色い目を、何度も思いかえす。ウォルターとかいう男の人には、子どもがいるって話だったけど、女の子だったんだ。ちっとも知らなかった。だれかがそんな話をしているのもきいたことがない。ウォルターには娘《むすめ》がふたりいて、レイチェルは、その子たちをふたりともほしいと思ったらしい。

製氷機《せいひょうき》が、ぶうん、と低《ひく》くうなっている。ガーティは、ほおづえをついたまま、両ほほに爪《つめ》を立てた。そのままじっと待った。レイチェル・コリンズは、すぐにもどるといっていた。

ところが、レイチェルがもどってくるより先に、玄関《げんかん》のドアがらんぼうにひらく音がした。むこうの部屋がしずまりかえる。ガーティは、重い体で立ちあがり、キッチンのドアまで歩いていった。ドアをあけると、リビングのもうひとつの入り口に、レイおばさんがいた。はおった灰色《はいいろ》のジャージは裏返《うらがえ》しで、その下は、いつもの花柄《はながら》の部屋《へや》着姿《ぎすがた》だ。足を踏《ふ》みならしながらリビングルームに乗りこんでいく。

レイチェルは、レイおばさんと新しい家族のあいだに立ちはだかった。おばさんの姿《すがた》を、ウォルターとふたりの女の子から隠《かく》そうとしているみたいだった。「キッチンにきていただけたら——」

「じゃまだよ」レイおばさんは、レイチェル・コリンズの首元をひとさし指でつついた。「どきな」

レイチェルが口ごもる。

「どちらさまでしょうか?」ウォルターがたずねた。

レイおばさんはそのとき、キッチンへつづくドアからようすをうかがっているガーティに気づいた。ひくい声で神さまに感謝し、片手《かたて》を胸《むね》に当てる。「ガーティ、帰るよ」

ガーティはリビングに足を踏《ふ》みいれ、こっちをじっとみている女の子たちのそばを通りすぎた。せいいっぱい、頭を高くあげて歩く。それから、ゆっくりとレイチェルをふりかえった。

お母さんなんかいらないでしょ――ガーティは自分をしかりつけた。ここへきたのは、レイチェル・コリンズにそう伝《つた》えるためだ。あたしはひとりで平気なんです、と。だけど、どこでどうまちがったのか、ガーティは、やっぱりお母さんがほしいような気になりはじめていた。

「劇《げき》は二週間後です」ガーティは、レイチェル・コリンズにいった。「金曜日です」

ガーティをみつめるレイチェルの表情《ひょうじょう》は、以前《いぜん》スーパーではちあわせしたとき、手をふろうとして思いとどまった時とおなじだった。レイチェルのなかには、ふたりの人間がいるみたいだった。いっぽうは劇《げき》にいきたがっていて、もういっぽうは、いきたくないといっている。しばらくして、レイチェルは決断《けつだん》をくだした。まっすぐにガーティの目をみて答える。「ええ、わかったわ」

「あの子だれ？」片方《かたほう》の女の子がたずねた。「パパ、あの子だれ？」

ガーティは、ウォルターの答えをきく前にリビングを出た。レイおばさんについて外へ出る。おばさんの車は、敷地《しきち》のなかまで乗りいれてあった。後部座席《こうぶざせき》には、シートベルトをしめたオードリーがすわっている。ガーティは助手席《じょしゅせき》にすわり、シートベルトをしめた。

「あたし、しずかにしてたよ。教会のネズミみたいに」オードリーが小声でいった。足をぶらぶらさせて、助手席《じょしゅせき》の背《せ》もたれをけっている。ガーティが返事をしないでいると、オードリーはつけくわえた。「ちゃんとだまってたよ」

「うん」ガーティはいった。

レイおばさんは運転席《うんてんせき》に乗りこんでくると、ハンドルをにぎったきり動かなくなった。エンジンがうなり、エアコンから吹《ふ》きだしてくる熱風《ねっぷう》がガーティの顔に当たる。ヘッドライトがガレージのシャッターを照《て》らしていた。とうとうガーティは、レイおばさんはひと晩《ばん》じゅうこうしているつもりだろうか、と不安《ふあん》になってきた。ちらっとうしろをみると、オードリーも肩《かた》をすくめた。

ガーティは家のほうへむきなおり、ふと、あることを思いだした。「時間、教えるの忘《わす》れてた。何時にはじまるかいわなかった」

レイおばさんはようやくハンドルから顔をあげた。シフトレバーをにぎり、ギアをそうさする。「六時だよ」前をみたまま答える。「あんたの劇《げき》は六時にはじまる」

車が道路のほうへバックしはじめた。

「うわ!」レイおばさんが大声をあげた。急ブレーキがかかり、ガーティの体が前にとびだす。オードリーが悲鳴をあげた。

「あぶなかった!」レイおばさんは、ギアをそうさして車を止めた。青い顔でバックミラーをにらんでいる。

ガーティは体をひねり、うしろのガラスから外をみた。赤いブレーキランプがぶきみに照《て》らしだしていたのは、目をまん丸にみひらいたジュニアだった。

22　そりゃ残念だ

キャロル小学校の校舎《こうしゃ》のうらにある校庭で、ガーティはブランコに腰《こし》かけ、ひざの上に両手を置《お》いていた。みんなが地面につけた二本の深いみぞを、靴《くつ》の裏《うら》でなぞる。

ジュニアの乗ったブランコが、いきおいよく前にゆれていった。

「めちゃくちゃ」ブランコがうしろにもどっていく。「こわかった」また前にゆれる。ブランコがおこす風に吹《ふ》きあげられて、ガーティの髪《かみ》が顔にかかった。

この話は今日で七度目だ。

ジュニアは昨日《きのう》、ガーティといっしょに不吉《ふきつ》な〈売却済《ばいきゃくず》み〉の看板《かんばん》をもくげきしたあと、バスで家に帰ると、いつものように、髪《かみ》を切りにきたお客さんたちの会話をぬすみぎきしていた。そこへ、一本の電話がかかってきて、パークスおばさんが受話器《じゅわき》を取った。

一度目にこの話をしたとき、ジュニアは、母さんが電話に出た、とだけいった。三度目は、母さんが電話に出て真っ青になった、といった。そして七度目、ジュニアはブランコを力強くこぎながら、こんなふうにいった。「母さんは息をのんだ。それで、なにか事件《じけん》が起きたんだなってわかった。ピンときたんだ」

「ちょっと待って」パークスおばさんは受話器《じゅわき》のむこうの相手にいった。「すぐかけ直すわ」電話を切ると、大声で呼《よ》んだ。「ジュニア！」

おばさんはジュニアをお店のいすにすわらせると、ペダルを踏《ふ》んで座席《ざせき》をあげ、目線の高さをあわせた。「ジュニア、ガーティがどこにいるか知ってるの？」

「知らない。知らないよ、母さん」ジュニアは答えた。

美容院《びよういん》にいた女の人たちは、両手にもった雑誌《ざっし》ごしにジュニアをみまもっていた。

「いま、レイ・フォイから電話があったのよ」おばさんは、いすのひじかけをつかんで押《お》さえた。

ジュニアは、おばさんに押《お》さえつけられてようやく、回転いすを左右にゆらしていたことに気づいた。

「ガーティが行方不明《ゆくえふめい》になったんですって」パークスおばさんがいった。

「ガーティが行方不明《ゆくえふめい》？」ジュニアは目をみひらいておばさんをみた。行方不明《ゆくえふめい》。不吉《ふきつ》な言葉だ。いなくなった、という意味の言葉。ゆうかいされて、ばらばらにされて、キャットフードの缶詰《かんづめ》にされてしまう、という意味だ。毛染《けぞ》め液《えき》のにおいが立ちこめる店でまばたきを忘《わす》れていたジュニアは、目がいたくなった。

「ガーティ、家出をほのめかすようなことをいってなかった?」パークスおばさんがたずねた。

ほかのいすにすわっている女の人たちは、雑誌《ざっし》をわきへ置《お》いてエプロンをむしり取り、ジュニアのほうへ身を乗りだした。「ガーティって、あの子ね」だれかがいった。「レイはさぞかし心配《しんぱい》してるわ」

「ううん」ジュニアはおばさんをみて、首を横にふった。「ガーティは家出なんかしない!」ガーティが家出なんかするはずがない。するなら、きっとジュニアに相談する。ジュニアの知っているガーティは、絶対《ぜったい》に話してくれる。

「今日、学校でなにかあった?」いつもにこやかなおばさんは、このとき、めずらしく顔をくもらせていた。

ジュニアはけんめいに記憶《きおく》をたどった。「劇《げき》のオーディション。ガーティはエバンジェリーナの役《やく》をもらった。ぼくはなんの役《やく》ももらわなかった。ジャガイモにもなれなかった」おばさんはエバンジェリーナが何者なのかたずね、そのあとも山ほど質問《しつもん》した。だけど、ジュニアはろくに答えられなかった。ガーティが行方不明《ゆくえふめい》になるなんて、どう考えたっておかしい。ガーティは、行方不明《ゆくえふめい》になるような子じゃない。行方不明《ゆくえふめい》になった子を助けるような子だ。

やがてパークスおばさんは、はげますようにジュニアのひざを軽くたたいた。「わかった。

レイに電話して、あなたはなにもきいてないって話すわ。だいじょうぶ。きっと、ひょっこりもどってくるわよ。とんでもない冒険《ぼうけん》を思いついて、帰るのを忘《わす》れちゃったのかもしれないわね。だいじょうぶよ」おばさんは、だいじょうぶ、を二回いった。

おばさんがいすを下げるのを忘《わす》れて電話のところへもどったので、ジュニアは床《ゆか》にとびおり、ふらつく足で店のドアへむかった。お客さんたちは、パーマをあてたり、ネイルをかわかしたり、フォイ一家の話をしたりしていた。

ジュニアは外へ出てドアを閉《し》めると、店の前の階段《かいだん》にすわりこんだ。世界一の親友が、行方《ゆくえ》不明《ふめい》になった。立てたひざのあいだで両手を組む。もし、母さんの見込《みこ》みちがいだったら？もし、ガーティがひょっこりもどってこなかったら？　それから、これが一番サイアクだけど、もしほんとうに行方《ゆくえ》不明《ふめい》になってしまって、ミッションをやりとげられなかったら？　レイチエル・コリンズのひっこしを止められなかったら？　それで……。

ちがう、ガーティは行方《ゆくえ》不明《ふめい》になったんじゃない。ミッションに取りかかってるんだ！　ジヨーンズ通りの〈売却済《ばいきゃくず》み〉の家へいって、母親に会って、世界一の五年生になったことを報告《ほうこく》しにいったんだ。みんなはガーティが行方《ゆくえ》不明《ふめい》になったと思ってるけど、ほんとうは、ミッシヨンの最中《さいちゅう》なんだ。そう、ガーティはぶじだ。

だけど、だけど……もし、まんがいちのことがあったら？　ミッションに取りくむときのガーティには、いつもジュニアとジーンという味方がいた。そのうち、味方はジュニアひとりになった。そしていま、ガーティには味方がひとりもいない。もし、迷子《まいご》になったら？　もし、狂犬病《きょうけんびょう》にかかったコヨーテにおそわれたら？　もし、歩道のわきのみぞに片足《かたあし》をつっこんで、そのまま落っこちて、助けを呼《よ》ぶ声がだれにも届《とど》かなかったら？

ジュニアははじかれたように立ちあがった。ガーティを探《さが》すんだ。店のなかへかけもどり、うわぎをはおる。外へとびだし、また中へかけもどって懐中電灯《かいちゅうでんとう》をつかみ、ふたたび外へとびだした。

もし、ぼくまで迷子《まいご》になったら？　もし、どたんばでおじけづいたら？　もし、ガーティをみつけられなかったら？　ちがう、いまは自分の心配《しんぱい》なんかやめて、ガーティの心配《しんぱい》をしなきゃいけないんだ。もし、ガーティが迷子《まいご》になったら？　もし、ガーティがどたんばでおじけづいたら？

ジュニアは歩きはじめた。毎朝バスで通る道をたどっていく。「ぼくの名はパークス」ジュニアはつぶやいた。「ジュニア・パークス」

ジュニアは、いつもここで話を終えた。少し胸《むね》をはり、いせいよくブランコをこぐ。くさりから手をはなして、そのまま空までとんでいきそうだ。

「で、レイおばさんの車にひかれそうになったんだよね」ガーティは、ジュニアにかわって、話を最後《さいご》まで終わらせた。

ジュニアは、ブランコが下りてくると、両足を地面につけた。ガクガクゆれながらブランコをとめて、くさりをにぎりしめたまま、ガーティのほうへむきなおる。「まあね。でも、だいじなのは、レイおばさんがぼくをひきかけてなかったら、ガーティをすくいだしたのはぼくだったってこと。ね、すごいだろ?」ジュニアはにこっと笑《わら》うと、またブランコをこぎはじめた。どんどん高くなる。「なんか、これからはぜんぶうまくいく気がする!」ジュニアは歓声《かんせい》をあげた。「あとは上がるだけ!」

あんなに、なにをやってもうまくいかないことばかりつづいたのに、ジュニアのいったとおりになった。

まず、ガーティは有名人になった。どうしたわけか、ガーティが歩いてジョーンズ通りまでいったことは、学校じゅうに知れわたっていた。そして、いくらガーティがあれは家出じゃなかったと説明《せつめい》しても、みんなは、ガーティは家出をしたと思いこんだままだった。

バスで前の席《せき》にすわっている一年生は、ガーティにランチ代の中から二十五セントくれた。シムズ先生はガーティの背中《せなか》に手を置《お》いて、こまったことがあったらいつでも相談してちょうだい、といった。六年生の男の子は、サインくれよ、といってきた。

エラ・ジェンキンスは、ランチのときにガーティとジュニアのテーブルにきて、トレーをいきおいよく置《お》いた。「全部きかせてよ」エラはプリンのふたをあけながらいった。「デパートでくらすつもりだったの？　あたしが家出するとしたら、フロリダの海辺《うみべ》にいって、デパートでくらすけど」そういうと、ふたについたプリンをなめて、ため息をついた。「ああ、ほんとにそうしたい」

ガーティは、自分が人気者になったのは、〝うつり気《ぎ》〟のせいだとわかっていた。いまはガーティを好《す》きだけど、またそのうち、きらいになるときがくる。だから、みんなにちやほやされても相手にしなかった。

だけど、二十五セントは取っておいた。

ふたつ目のいいことは、あと一週間で劇《げき》の本番がくるということだ。ガーティは、エバンジエリーナを演《えん》じてスターになれる。ジューンまで、ガーティはエバンジェリーナの役《やく》にぴったりだといった。ユアンは、せりふの練習をいっしょにやってほしい、と頼《たの》んできた。みんな、ガーティの演技力《えんぎりょく》に感心していたのだ。

レイチェル・コリンズも、ステージの上のガーティをみたら感心するだろう。きっとみにきてくれる。ガーティは、レイおばさんがレイチェル・コリンズに電話をかけるとき、すぐそばに立ってちゃんとたしかめておいた。レイおばさんは、レイチェル・コリンズに電話をかけ、ぶすっとした声で、劇《げき》がはじまる時間を伝《つた》えた。これで準備《じゅんび》は万端《ばんたん》だ。

母親は、ガーティがどんなにすばらしい子か気づくだろう。そして、ガーティを捨《す》てたことを心から悔《く》やむだろう。ガーティは、劇《げき》がおわったら、母親にロケットを返すのだ。そうすれば、母親がウォルターと結婚《けっこん》しようと、新しい家族とよその町へひっこそうと、ミッションは成功《せいこう》する。伝《つた》えたいことは伝《つた》えられる。

ガーティはステージにあがった。ポニーテールの結《むす》び目《め》には、エバンジェリーナのピンクのリボンをむすんでいる。ほかのみんなは、運動靴《うんどうぐつ》をはいてタップダンスの練習中だ。わめいて床《ゆか》を踏《ふ》みならして、ものすごいさわぎだった。ジュニアは、幕《まく》を上げたり下ろしたりする練習をしている。

「メアリー・スー・スパイビー、あんたはケール役《やく》だ」客席《きゃくせき》にいるミセス・ステビンスが、生徒《せいと》たちのさわぎに負けじと声をはりあげた。「葉野菜《はやさい》の女王さまだよ」

オーディションのあと、ミセス・ステビンスはメアリー・スーにいろんな役《やく》をあてがおうとした。だけど、メアリー・スーは、それをのきなみはねつけた。ジュニアは幕《まく》のそうさの係になったけど、これだってかんたんな仕事じゃない。練習中にさっそく滑車《かっしゃ》をひとつこわしてしまったぐらいなんだから。なんの役《やく》もないのは、メアリー・スーひとりだった。

「ケールなんてやりません」メアリー・スーは、落ちついた声できっぱりといった。

講堂《こうどう》にいたみんなは凍《こお》りついた。ミセス・ステビンスが眉《まゆ》を吊《つ》りあげ、メアリー・スーをじっとみる。煮《に》て食おうか焼《や》いて食おうか考えているみたいだ。「いいだろ。じゃ、三年生といっしょに、劇《げき》で使う道具を作るんだね」

「わたしは女優《じょゆう》です」メアリー・スーは腕《うで》を組んだ。「女優《じょゆう》は道具係じゃありません」

ミセス・ステビンスは、入れ歯をかみしめて、ぎりぎりいわせた。だしぬけにふせんをつかむと、なにか書きつけていせいよくはがし、儀式《ぎしき》みたいにおおげさなしぐさでメアリー・スーのシャツに貼《は》った。

メアリー・スーは、首をかたむけて、なにが書いてあるか読もうとしている。

ユアンがふせんをにらんでいった。「だい――代役《だいやく》?」

メアリー・スーは、ふせんをむしり取って文字を読んだ。顔をしかめて大声をあげる。「代《だい》役《やく》なんてやりません! わたしは――」だけど、ミセス・ステビンスは背中《せなか》をむけて、耳をかさない。「あの! あの、ちょっと! わたし――わたし――わたし――先生なんかだいっきらいです!」メアリー・スーは、ミセス・ステビンスの背中《せなか》にむかってわめいた。

ジュニアが息をのんでひもをはなす。幕《まく》が落ちた。

「そうかい」幕《まく》のむこうから、うたうようなミセス・ステビンスの声がきこえてくる。「そりや残念《ざんねん》だ」ミセス・ステビンスは声を張《は》りあげてつづけた。「ミスター・パークス、幕《まく》から目をはなすんじゃないよ！」

リハーサルがはじまると、ガーティ＝エバンジェリーナは、意気ようようとステージをかけまわり、かんしゃくを起こし、重い病《やまい》にたおれる芝居《しばい》をした。そのあいだ、メアリー・スーは折《お》りたたみいすにすわり、ひざの上に手を置《お》いて、かたくなに顔をあげなかった。ガーティは、いい気味、と思おうとした。だけど、そうやって意気ようようとかけまわっているときも、おかしを食べる芝居《しばい》をしているときも、なぜだか心がいまいち晴れなかった。目のはしに、落ちこんだメアリー・スーの姿《すがた》がうつって、集中できない。

ガーティは自分にいいきかせた。メアリー・スーは席《せき》どろぼうだ。いじわるな子なんだ。こうなって当然《とうぜん》なんだ。

「ガーティ、ワーナーさんにこれを届《とど》けてくれる？」その日の午後、算数の授業中《じゅぎょうちゅう》にシムズ先生がいった。

ガーティは、算数のプリントから顔をあげた。ワーナーさん。受付係《うけつけがかり》のワーナーさん。事務《じむ》室《しつ》にいるワーナーさん。シムズ先生があたしに――このガーティに――、事務室《じむしつ》に書類《しょるい》を届《とど》けてちょうだい、と頼《たの》んでいる。ガーティはいすをうしろに引き、ふるえる両手を机《つくえ》について、立ちあがった。

ジーンが横目《よこめ》でみている。ジュニアは、あんぐり口をあけていた。

「また女子かよ」ロイがつぶやく。

いよいよだ。いよいよガーティは、とくべつな子になった。おつかいを頼《たの》まれるとくべつな子ども。チョコレートをもらえる子。ほんのひとにぎりの子ども。えらばれた子ども。みんなのあこがれの的《まと》。

シムズ先生から受けとった書類《しょるい》には、先生らしいくっきりとしたきれいな文字がならんでいる。ガーティは書類《しょるい》の角を両手でつまみ、インクにさわってしまわないように気をつけた。教室のドアへむかって歩く。背中《せなか》にクラスメートたちの視線《しせん》を感じる。

ガーティはろうかをスキップした。手に持った書類《しょるい》が、宙《ちゅう》でひらひらおどる。ほかの教室の手前にくるとスキップをやめ、頭に本でものせているみたいに背《せ》すじをのばして、入り口の前を通りすぎた。すまして歩きながら、胸《むね》の中で、あら、ごきげんようとか、お気《き》に召《め》して？とか、そんなせりふをいってみる。スキップのせいで心臓《しんぞう》がばくばくしていたけれど。

ジュニアのいったとおりだ。全部が右肩上《みぎかたあ》がりにうまくいきはじめた。ジュニアはいつだって正しい。キスしてあげたいくらいだ。ジュニアがもし……ジュニアじゃなかったら。

事務室《じむしつ》にはあっというまにとうちゃくした。ガーティはちょっとだけ、引きかえして教室までもどって、もう一度ここまで歩いてこようかな、と迷《まよ》った。このすてきな時間をできるだけ引きのばしたい。だけどガーティは、おつかいをりっぱにやりとげたかった。シムズ先生の考えるりっぱなおつかいは、たぶん、一回で事務室《じむしつ》までいくことにちがいない。そこでガーティは、ドアを押《お》しあけた。

部屋のなかではプリンターが動いていて、ワーナーさんはパソコンのキーボードをせっせとたたいていた。デスクにはガラスのボウルがあって、なかにはスイス産《さん》のチョコレートが入っている。

ガーティは、書類《しょるい》をボウルのそばに置《お》いた。

「どれどれ」ワーナーさんは書類《しょるい》を受けとると、めがねを顔から少しはなして確認《かくにん》した。「申しこみ書」小声で読みあげる。「はいはい、サインね」

そのとき、電話が鳴った。

「ありがとう、たしかに受けとったわ」ワーナーさんは受話器《じゅわき》を取りながらいった。「ごくろうさま」受話器《じゅわき》を肩《かた》とほおではさむと、もういってちょうだい、といいたげに手をふる。ハエかなにかを追いはらうみたいに。

ガーティは動かなかった。

「はい、キャロル小学校です」ワーナーさんがよそゆきの声で電話に出る。

こんなはずじゃない。チョコレートをもらえるはずなのに。ガーティは、ちゃんと書類《しょるい》を届《とど》けた。ろうかを二回歩くのだってがまんした。だから、ワーナーさんは、金色の包《つつ》み紙《がみ》にくるまれたチョコレートをボウルからひとつつまんで、ガーティにわたしてくれなきゃいけない。チョコレートをくれなかったら、ガーティは手ぶらで教室にもどらなきゃいけない。みんなは絶対《ぜったい》に、チョコレートもらった？　とか、どんな味？　とかきいてくる。なにも持っていないことに気づかれたら、ガーティが、おつかいにいったのにチョコレートをもらえなかったはじめての生徒《せいと》だと知られたら、みんなにバレてしまう――ガーティが、ガーティが、世界一の五年生なんかじゃ……。

プリンターが妙《みょう》な音を立て、半分までのみこまれた紙がくしゃくしゃになった。チョコレートはデスクの上にある。ガーティはデスクの前にいる。ワーナーさんは電話で話しつづけながらいすをくるりと回転させて、プリンターの調子をみている。

ガーティは口をあけて、大きく息をすった。チョコレートはもらえない。州都《しゅうと》の暗記《あんき》や算数で一番になったことも、劇《げき》の主役《しゅやく》を勝ちとったことも、急に色あせてみえる。あんなにがんばったのに、ガーティはけっきょく、とくべつな子には――チョコレートをもらえる子には――なれなかったのだ。くちびるにつやつやのリップグロスをぬった、やわらかいブロンドの女の子みたいには、なれなかった。

ガーティはチョコレートに背《せ》をむけ、ドアのほうへ歩きはじめた。ありったけの力をふりしぼってドアノブをつかむ。ドアをあける。そこで足を止めた。

生きていると、いやだといわなくちゃいけないときがある。

いやだ。ぜったいに、いやだ。ガーティ・リース・フォイは、これ以上《いじょう》がまんしない。ガーティは、もう、うんざりだ。

ガーティはドアノブから手をはなし、ふりかえった。ワーナーさんは、受話器《じゅわき》片手《かたて》にずんぐりした背中《せなか》をこっちにむけ、げんこつでプリンターをたたいている。ガーティは、デスクの上のガラスボウルを両手でかかえあげた。そして、くるっとうしろをむき、そのまま部屋を出た。

23　ガーティ！　ガーティ！　ガーティ！

人気《ひとけ》のないろうかを一歩進むたびに、腕《うで》のなかのガラスボウルは重くなっていった。なんてことをしたんだろう。先生がそばをとおりかかったら？　ガラスボウルが消えたことに気づいたワーナーさんが追いかけてきてガーティにタックルをかまし、チョコレートがとびちったら？

ガーティは、ぴたりと足を止めた。これじゃどろぼうだ。犯罪者《はんざいしゃ》だ。かがやかしい未来《みらい》がだいなしになる――未来《みらい》はトイレに流されて、金魚の死がいと、バービー人形のもげた頭といっしょに、下水にぷかぷか浮《う》くはめになる。

ガーティは、チョコレートを返しにいこうと急いでふりむいた。だけど、やっぱりなっとくできない。ガーティは、チョコレートをもらってもいいくらい、ちゃんとがんばってきた。五年生で一番かしこいのは？　ガーティだ。エバンジェリーナをみごとに演《えん》じられるのは？　ガーティだ。記録的《きろくてき》な速さでワーナーさんに書類《しょるい》を届《とど》けたのは？　ガーティだ！

だけど、ボウルをかかえて教室にもどったら、シムズ先生から質問《しつもん》ぜめにされるにちがいない。わけを話したら、先生はなっとくするだろうか。まさか。

ガーティはチョコレートをみおろし、どうしようかと頭をなやませた。

しばらく考えると、ボウルを持っていないほうの手で、シャツのすそをジーンズにたくしこんだ。首のところを引っぱって広げ、チョコレートをシャツのなかに流しこむ。包《つつ》み紙《がみ》のホイルがおなかに当たってちくちくする。ガーティは、ボウルをかべのそばに置《お》いた。こうしておけば、ボウルをみつけた人は、おや、ボウルの落としものだとちらっとみるだけで、あやしんだりせずに通りすぎていくだろう。

立ちあがると、シャツのなかのチョコレートが、ガサガサとはでな音を立てた。音を立てないようにするには、ものすごくゆっくり歩かなくちゃいけない。

教室にとうちゃくするとドアをあけ、だれとも目をあわさないでじりじり机《つくえ》に近づいた。気をつけて席《せき》につくと、えんぴつを持って算数のプリントにもどる。だけど、数字がさっぱり頭に入ってこない。シャツのなかに、一生分のチョコレートをかかえているのだ。

「なんか、おなかがデコボコしてるよ」ジュニアが小声で耳打ちしてきた。

ガーティは、耳まで赤くなった。「そんなこと、人にいっちゃやだめだよ」小声でぴしゃりといい返す。みんなにジュニアの言葉がきこえたら、おなかのデコボコを気づかれてしまう。

「なんでおなかがデコボコしてるのよ」ジーンが小声でいった。ジーンが話しかけてきたのは数週間ぶりだったけれど、ガーティは返事をしなかった。

プリントにならんだ数字が動いているみたいだ。ガーティは、あてずっぽうで答えを書いた。そのとき、カチッと音がして、教室の暖房《だんぼう》がついた。ガーティは恐怖《きょうふ》に打たれた。チョコレートが溶《と》けてどろどろになって、シャツがチョコまみれになったらどうしよう？　そしたらきっと、シムズ先生に、どうして体じゅう茶色いべとべとまみれなのか、説明《せつめい》しなくちゃいけなくなる。

ジーンがおなかのあたりをじろじろみている。ガーティは前かがみになって、不自然《ふしぜん》にデコボコしたおなかをかくした。カサカサ！　ジュニアがぎょっとして腰《こし》を浮《う》かす。

「先生」メアリー・スーが、ことさら迷惑《めいわく》そうな声でいった。「集中できません。変《へん》な音がきこえます」

ガーティの首を汗《あせ》がつたった。

「はいはい、お勉強に集中しましょうね」シムズ先生は、デスクから顔をあげずにいった。

ガーティはプリントにおおいかぶさったままじっとしていた。だんだん首が痛《いた》くなってくる。それでも、動くわけにはいかない。いま動いたらシムズ先生も包《つつ》み紙《がみ》の音に気づいて、ガーティ、その音はなんですか、ときいてくるに決まっている。

チョコレートを持ってくるなんて失敗《しっぱい》だった。持ってこないで、大急ぎで食べてしまえばよかったのだ。そうすれば、冷《ひ》や汗《あせ》をかかずにすんだのに。四十五年くらいたったような気がしたころ、ようやくシムズ先生が、休み時間ですよ、といった。

ガーティは、ほかのみんなが校庭にかけ出していくのを待ってから、席《せき》を立った。あたりに目を光らせながら、校庭の奥《おく》の木立《こだち》にいく。ジュニアもあとをついてきた。ガーティは、まわりをみまわした。ほかにだれもいないことをたしかめると、シャツのすそをジーンズから引っぱりだした。チョコレートが、ざざっと地面にこぼれ落ちる。

「あげる」ガーティは、ジュニアにひとつ放った。チョコレートが胸《むね》に当たって地面に落ちる。「食べるの手伝《てつだ》って」

ジュニアはチョコレートをひろうと、手の上でころがした。「これ、どこで……まさか」ジュニアは、熱《あつ》いものにでもふれたみたいに、チョコレートを投げすてた。「まさか、まさか、まさか」あわててうしろにとびすさる。

ガーティは、力まかせに包《つつ》み紙《がみ》をむしり取った。チョコレートをほおばり、機械的《きかいてき》に口を動かす。

「なにやってるんだよ!」ジュニアは頭をかかえた。

ガーティは、口の中がチョコレートでいっぱいで、返事ができなかった。

「なにしてるの?」かん高い声がきこえ、いきなりメアリー・スーがあらわれた。ジュニアのうしろに立ち、ガーティをにらんでいる。

ガーティは一瞬《いっしゅん》こおりつき、すぐに気を取りなおした。チョコレートをみんな食べてしまえば、証拠《しょうこ》はのこらない。全部たいらげれば、なかったことにしてしまえる。

「それ、あんたのチョコレートじゃないわよ！」メアリー・スーがどなった。「それは、いい子がもらえるチョコレートなの！」

エラが走ってきて、ガーティがなにをしているのかに気づくと、かみなりに打たれたように立ちどまった。「スイスのチョコレート！」

「はやくやめないと、先生にいいつけるわよ！」メアリー・スーはどなるだけで動こうとしない。

校庭にいたほかの生徒《せいと》たちも、さわぎに気づいて集まってきた。宇宙《うちゅう》の法則《ほうそく》だ。だれもきませんようにとねがっていると、ひとりのこらず集まってくる。生徒《せいと》たちはジュニアを押《お》しのけて、ガーティを取りかこんだ。ガーティは食べるスピードをあげた。ぜんぶ食べなくちゃ。おなかの中につめこんでしまえば、チョコレートは消えてなくなる。だれかが『ガーティがチョコレートを盗《ぬす》みました』といったら、こういってやればいい。『証拠《しょうこ》は？』

「うわ、すげえ！」レオが、小山《こやま》になったチョコレートをみつけてさけんだ。

「ねえ、信《しん》じられる？」メアリー・スーは、集まってきた子たちにわめいている。「こんなこと、信《しん》じられる？」

「ガーティ、絶対《ぜったい》しかられるぞ」ユアンがいった。「こってりしぼられる」首を横にふる。

「ううん、殺《ころ》されるかもな」

「ほんもののエバンジェリーナね」エラがいった。「甘《あま》いものがだいすきなエバンジェリーナだわ」

ガーティは、息もつかずに、包《つつ》み紙《がみ》をやぶってはチョコレートを口に押《お》しこみつづけた。

「わたしなんて一個《こ》も食べたことないのに」ジューンがいった。

「だって、みんながもらえるわけじゃないもの!」メアリー・スーは、顔を真っ赤にしていきまいた。「いい子しかもらえないのよ!」

「わたしだっていい子だけど」ジューンがいい返す。

「もう!」メアリー・スーはじだんだを踏《ふ》んだ。「いい子っていうのは、とくべつな子っていう意味よ。わかるでしょ?」

「おれも食べたことない」レオがいう。「じゃ、おれもとくべつじゃないってことか」

「そうじゃないってば! 話をまぜっかえさないで! この子、とんでもないことしてるのよ!」メアリー・スーは、ガーティを指さした。

ガーティは両手をひざにつき、ぜえぜえ息をした。

「おまえ、はくぞ」ユアンが冷静《れいせい》にいった。

「おいガーティ。それ、どんな味なんだ？」ロイがたずねた。

ガーティはうめいた。つめこむのに夢中《むちゅう》で、味わうひまなんてなかった。

ロイが、やわらかくなったチョコレートをひとつひろい、金色のホイルをむいた。

「ちょっと！」メアリー・スーがこぶしをにぎる。「だめだってば！」

ロイはかまわずチョコレートを口にほうりこんだ。目を閉《と》じてため息をもらす。「うーん」目をあけた。「ごくじょうの口当たり」指をなめる。「うますぎ」チョコレートをもうひとつひろうと、ジューンにわたした。「食ってみろよ」

みんながざわついた。

ジューンはホイルをあけると、チョコレートを口にいれた。目を丸くして、片手《かたて》で口をおおう。「おいしい。なにこれ！」

ガーティは、草の上に転がった五つのチョコレートをにらんだ。もう、あと一個《こ》だって食べられない。おなかがはちきれそうだ。メアリー・スーは告《つ》げ口《ぐち》して、先生たちに証拠《しょうこ》をみせるだろう。

そのとき、ジーンの声がひびきわたった。「あんたならできる」みんなの視線《しせん》がジーンに集まる。だけど、ジーンにはガーティしかみえていない。「ガーティ、がんばってよ」小さな声だ。「あんたならできる」

ガーティはチョコレートをひろった。

「ほら、がんばって」ジーンがいう。

ガーティはホイルをむいた。チョコレートを口に入れ、かんで、飲みこむ。ぱんぱんになったおなかをかかえる。あと、四つ。

「はくぞ」ユアンがまたいった。

「バカいうな」レオがいった。「ガーティ、がんばれ。おまえならできる」

「だめだってば！」メアリー・スーがわめいた。「だめ！」

「がんばって、ガーティ！」ジューンはそういって手をたたきはじめた。

ガーティは顔をあげた。ジーンをみると、うなずいている。ガーティは、またひとつチョコレートをひろった。

「いいかげんにして！」メアリー・スーはくるっときびすを返し、校舎《こうしゃ》へむかって走りはじめた。ガーティは、メアリー・スーがどうしようとどうだってよかった。

みんなの声援《せいえん》が高まっていく。のこるチョコレートはあと三つ。みんなは、声をあわせてガーティの名前をさけびはじめた。

「ガーティ！　ガーティ！　ガーティ！」

あとふたつ。

みんながどんなにうつり気《ぎ》だってかまわない。ガーティはいま、みんなのためにチョコレートを食べていた。ジューン、ロイ、ジュニア、レオ、そして、これまで一度だって事務室《じむしつ》へのおつかいを頼《たの》んでもらえなかったみんなのために。ガーティたちは、だれのお気に入りにもならない、灰色《はいいろ》のクレヨンだ。さえない生徒《せいと》。びりっけつの負け犬。ひざにすり傷《きず》を作った平凡《へいぼん》な生徒《せいと》。ガーティは、そんな子たちのヒーローなのだ。

ガーティは、最後《さいご》のチョコレートを口に押《お》しこんだ。ホイルを丸めて地面に投げすてる。やった！　よろめく足でまっすぐに立ち、両手を宙《ちゅう》につきあげた。「やった！」声に出してさけぶ。

ロイもばんざいをした。ジューンとジーンが、抱《だ》きあってぴょんぴょんはねる。ユアンはひかえめに拍手《はくしゅ》をしている。ジュニアは両手に顔をうずめていたけれど、指のあいだから笑顔《えがお》がのぞいている。そのとき、校庭のむこうから、メアリー・スーがつかつかと歩いてきた。すぐうしろから、シムズ先生がついてくる。

ガーティは、ごくん、と音を立てて、証拠《しょうこ》の最後《さいご》のひとかけらを飲みくだした。

24　だれだってヘマはする

「代役《だいやく》ってそういうものよ」メアリー・スーは、耳をかたむけてくれる相手を――あんまり多くないけれど――つかまえてはまくしたてた。「役《やく》を演《えん》じることになっていた子が、チョコレートどろぼうなんかする頭のおかしい子だってわかったら、わたしの出番。劇《げき》をすくい出してあげるの」

みんながぞろぞろと教室を出ていく。

「もちろん」メアリー・スーの話はとまらない。「わたしが代役《だいやく》なんてどうかしてたのよ。でも、これで、そのこともはっきりするでしょ」ガーティにも一言一句《いちごんいっく》はっきりきこえるように、大声で話している。「もちろん、パパには、あんまり期待しないでっていっといたわ」メアリー・スーは、髪《かみ》をかきあげてつづけた。「だって、この劇《げき》ってほんと三流だもの。でもまあ、わたしが出るから、ちょっとはましになるんじゃない？　みんな、わたしのパパに会えるなんてよかったわね。だって――」

ユアンが教室のドアをしめた。はさまったシャツが少しのぞいている。すぐに、シャツのすそもドアのむこうへ消え、あとにはガーティとシムズ先生だけがのこされた。ほかのみんなは、代役《だいやく》のエバンジェリーナと劇《げき》のリハーサルをするほかない。

これがガーティの受けたおしおきだった。おしおきの歴史《れきし》をふりかえっても、こんなに残酷《ざんこく》なおしおきはそうないにちがいない。

ガーティはもうエバンジェリーナじゃない。キュウリでもハムでもない。幕《まく》を上げたり下ろしたりする係でもない。懐中電灯《かいちゅうでんとう》をもって通路をまわって、うるさい子を引っぱたいたり、ガムをくちゃくちゃさせている子をにらみつける係でもない。

ガーティにはなんの役《やく》もない。

ガーティは、ずり落ちそうなかっこうでいすにすわり、ロケットをあけたり閉《と》じたりしていた。カチッ、パタン。カチッ、パタン。カチッ、パタン。

デスクのむこうにいるシムズ先生は、髪《かみ》を耳にかけた。けっきょく、証拠《しょうこ》のチョコレートがのこっているかどうかは関係《かんけい》なかった。おとなは、証拠《しょうこ》なんかなくったって子どもにおしおきできる。

校長先生は、ガーティの言い分もきかずに、おしおきをすることに決めた。目撃情報《もくげきじょうほう》もあつめなかった。メアリー・スーをのぞくクラスメート全員が、自分たちはたしかに金色のホイルが校庭にたくさん散《ち》らばっているのには気づいたけれど、そういうことは時々あるものだし、命にかけてチョコレートなんかみませんでした、と断言《だんげん》してくれたけど、校長先生は耳もかさなかった。チョコレートを食べたかどうか、ガーティにたずねることさえしなかった。ただ、てかてかした大きい鼻をつんと上げて、歯をむき出して、大声で宣告《せんこく》しただけだった。「被告《ひこく》人《にん》、有罪《ゆうざい》！」

少なくとも、ガーティの目にはそううつっていた。カチッ、パタン。ロケットが鳴る。トン、トン。靴《くつ》のかかとがいすの脚《あし》をける。カチッ、パタン。一番つらいのは、レイチェル・コリンズが劇《げき》をみにくることだ。ガーティになんの役《やく》もないことを知ったら、レイチェルは、ガーティを置《お》いて家を出てよかった、新しい家族を作ることにしてよかったと思うだろう。ガーティは世界一の小学五年生なんかじゃないのだから。生まれてはじめてミッションに失敗《しっぱい》しそうな予感がしていた。

「どうしてあたしに、ほんとうにチョコレートを食べましたかってきかないんですか？」ガーティは、がまんできずに声をあげた。

シムズ先生は、丸つけをしていたプリントから顔をあげた。「だって、きかなくてもわかるもの」

反論《はんろん》しようとするガーティを先生はさえぎった。

「ガーティ、あなた、おでこからあごまでチョコレートまみれだったのよ！」

「でも、先生はききませんでした！」ガーティは、かすれた声をしぼり出した。「ひょっとしたら……ひょっとしたら、あたしは、だまされてたかもしれないのに。それに、なんでチョコレートをとったのか、だれもきいてくれなかった。もしかしたら、ちゃんとした理由があったかもしれないのに」

シムズ先生はいすの背《せ》にもたれ、ペンにキャップをしてプリントの束《たば》の上に置《お》いた。「先生は、あなたがチョコレートをとったのは」肩《かた》をすくめる。「食べたかったからだと思ったけど」

「だから、ちがいます！」ガーティはさけんだ。「チョコレートをあんなに食べるのは、たいへんなんです！　あんなにたくさんのチョコレート、食べたくて食べる人なんかいません」ガーティは片手《かたて》をあげて、力いっぱいこぶしをにぎった。「おなかがはちきれそうになるんです。こんなふうに――」にぎったこぶしを上にむけ、爆発《ばくはつ》したみたいにいきおいよくひらく。

「わかったわ。わかったから」シムズ先生は、ガーティを落ちつかせようとするみたいに片《かた》手《て》をあげた。「わかったわ。じゃあきくけど、どうしてあんなことをしたの？」

「それは……」声がうまく出ない。「それは……」あらためてたずねられて、はじめてガーティは気づいた。これは、どういうことか自分では百パーセントわかっているのに、人に説明《せつめい》しようとすると、とたんにわけがわからなくなる種類《しゅるい》の話だ。

シムズ先生が待っている。

「それは、ワーナーさんが、チョコレートをくれなかったからです！」ガーティはいった。

「ワーナーさんは、おつかいをしたみんなに、みんなに、チョコレートをくれるんです。でも、あたしが事務室《じむしつ》にいったら、ワーナーさんはチョコレートをくれませんでした。それって反則《はんそく》です。反則《はんそく》です」ガーティは、ありったけの感情《かんじょう》をこめて、〝反則《はんそく》〟という言葉をくりかえした。先生に、ワーナーさんのしたことはまちがっている、と伝《つた》えたかった。だけど、シムズ先生は理解《りかい》できないだろう。先生はあの場にいなかった。チョコレートをもらえないのがどんな気分かわからないだろう。

「わかるわ」シムズ先生がいった。

「やっぱり――」ガーティはいいかけて目をまるくした。「え？」

「わかるわ」シムズ先生は落ちついた声でくりかえした。「ワーナーさんが一部の生徒《せいと》にはチョコレートをあげて、べつの生徒《せいと》にはチョコレートをあげないのだとしたら、あなたが納得《なっとく》できないのは当然《とうぜん》よ」少し言葉を切る。「いじわるされた気分になるわね。でも、チョコレートはワーナーさんのものでしょう？　だから、ワーナーさんが自分のチョコレートをどうしようと、それは反則《はんそく》なんかじゃないのよ。そうじゃない？」

ガーティには全然《ぜんぜん》そうは思えなかった。「じゃあ、ワーナーさんがあたしをきらうのも反則《はんそく》じゃないってことですか？」

「ガーティ」シムズ先生はため息まじりにいった。「ワーナーさんはあなたをきらってなんかいないわ」

「じゃあ、なんで――」

「もしかすると、あなたがあと少し待っていたら、チョコレートをくれたんじゃないかしら。それとも、くださいといった子にだけくれるのかもしれない。それとも、べつの用事で頭がいっぱいで、ただうっかりしていただけかもしれない」

ガーティは、そういう見方は一度もしてみなかった。

「そういう可能性《かのうせい》のほうが、ワーナーさんがあなたをきらっているなんて可能性《かのうせい》より、ずっと高いわ」シムズ先生はいった。「ほんとうよ」

もしかしたら先生のいうとおり、ワーナーさんはガーティをきらっているわけじゃないのかもしれない。だけど、それでも、シムズ先生がガーティをきらっていることに変《か》わりはない。

「先生は、事務室《じむしつ》におつかいをさせてくれるといったのに、させてくれませんでした」

シムズ先生は首をかしげ、けげんそうな顔をした。「昨日《きのう》いってもらったばかりじゃないの」

「もっと前の話です。五年生がはじまってすぐのころに、先生はあたしをおつかいにいかせようとしたのに、そのあと、メアリー・スーをいかせました。そのとき、つぎはあたしの番だっていったのに、いかせてくれませんでした」

「覚《おぼ》えていないわ」シムズ先生はいった。「でも、きっとあなたのいうとおりね。ごめんなさい」

ガーティの気持ちは全然《ぜんぜん》おさまらなかった。

〝ごめんなさい〟なんて言葉は軽すぎる。ガーティは先生に、メアリー・スーをひいきしていたことを白状《はくじょう》させたかった。そして、先生がこれまでずっとずっとまちがっていたわ、あなたはずっとずっとずっと正しかったのよ、といってもらいたかった。

「おつかいにいかせてもらえないのは、あたしのことがきらいだからだと思ってました」ガーティはいった。

「ガーティ、もちろん先生はあなたのことが好《す》きよ！」ウソをいっているみたいにはきこえない。だけど、ほんとうのところはわからない。「先生はあなたのことが大好《だいす》きよ。クラスみんなのことが好《す》きだもの。おつかいをおねがいしても、しなくても」

「じゃあ、どうして、決まった子にだけ何回もおつかいを頼《たの》むんですか？」

シムズ先生は両手を組んだ。「そんなに深く考えてなかったわ」口をきゅっと結んで、デスクの上に少し乗りだす。「ここだけの話にしといてほしいんだけど、ロイとレオにはおねがいしないの。あの子たちをひとりでろうかに出したら、なにをするかわからないもの」

「おつかいは、みんなやりたいんです」ガーティは腕組《うでぐ》みをした。「なのに、先生はおなじ子にばっかり何度もおねがいしてます。いっつもメアリー・スーに頼《たの》みます。ジューンには頼《たの》みません。ジュニアにも。あたしにも」ガーティはうつむいた。「昨日《きのう》は、べつですけど」シムズ先生はガーティをじっとみたまま、考えこむような顔になった。「わたし、ヘマをしたのね。でしょう?」

ガーティは先生をまじまじとみた。先生がそんなことをいうなんて、信《しん》じられない。

「だれだってヘマはするわ」先生は、ガーティの考えを読んだみたいにつづけた。「先生だってヘマはするものなの」

「でも、先生はヘマをしないことになってます。ヘマをしないのが先生の仕事なんです」

「ところが、実際《じっさい》は時々ヘマをするのよ」シムズ先生はにっこりした。ちっとも恥《は》ずかしそうじゃなくて、平然《へいぜん》としている。まちがったりヘマをしたりして叱《しか》られるのは、しゃっくりをするくらい当たり前のことだと思っているみたいだ。

先生の考えかたはなかなか斬新《ざんしん》だ、とガーティは思った。だけど、ガーティはヘマをするわけにはいかない。どうにかして、レイチェル・コリンズを感心させなくちゃいけないのだ。

「これからは」先生はいった。「みんなにおつかいを頼《たの》むように注意するわ。つぎはだれの番か覚《おぼ》えておく方法《ほうほう》を考えなくちゃね」先生はひとり言みたいにいうと、首を横にふった。「でも、それはまたあとで考えることにしましょう」そういうと、ガーティをあらためてみた。

先生は、話のつづきを待っている。そのときガーティは、納得《なっとく》のいかないことはみんな話しおえたし、しておきたい説明《せつめい》もみんなすませたことに気づいた。

ガーティは、机《つくえ》の上で腕《うで》をかさね、そこにあごをあずけた。もしかしたら——確信《かくしん》はないけれど——シムズ先生は、ほんとうにクラスのみんなを同じだけ好《す》きなのかもしれない。

「こういうしずかな時間も悪くないわ。ねえ?」シムズ先生は、ペンを持って丸つけを再開《さいかい》しながらいった。「教室をふたり占《じ》めよ」

そして、もしかしたら、ガーティのことがとくべつお気に入りなのかもしれない。

25 ダサいハムのくせに

メアリー・スーが劇《げき》に出られなくなる理由なら、いくらだって思いつけた。たとえば記《き》憶《おく》喪《そう》失《しっ》になって、せりふを全部忘《わす》れるかもしれない。鼻に巨大《きょだい》なにきびができるかもしれない。役《やく》になりきるためにジャンクフードをたくさん食べて、太って、衣装《いしょう》がやぶけてしまうかもしれない。そうなったら、ガーティの出番だ。せりふを全部覚《おぼ》えているのはガーティしかいない。みんなが、どうかおねがいだからエバンジェリーナの役《やく》をやってくれ、とすがりついてくるだろう。そしたら、ガーティはこころよく引きうけてあげる。ガーティは親切な女の子なんだから。

レイおばさんは、そこまで楽観的《らっかんてき》じゃなかった。「記《き》憶《おく》喪《そう》失《しっ》っていうのはそう簡単《かんたん》になるもんかね」オードリーの顔をふいてやりながら、そんなふうにいった。「ほんとに記《き》憶《おく》喪《そう》失《しっ》になった人なんかみたことないよ」

「もしもの時のためにそなえときたいんだ。だいじなことでしょ」

レイおばさんはため息をついた。「いいかいガーティ、あの人は——あの人はこないかもしれないよ。用事ができるかもしれない」

だけどガーティは、レイチェル・コリンズはくると信《しん》じてうたがわなかった。レイチェルの目は、かならずいく、といっていた。ガーティのためにきっときてくれる。ということは、なんとしてでも劇《げき》に出る手立てを考えなくちゃいけない。

あとは祈《いの》るだけ。どうか、メアリー・スーの鼻に巨大《きょだい》なにきびが――瞳《ひとみ》とおそろいの緑色のがいい――できますように。

だいじなのは、最後《さいご》まであきらめないこと。

ところが、金曜日になっても、メアリー・スーの鼻ににきびができる気配はなかった。本番は今夜。レイチェル・コリンズがきて、ガーティがステージに出ないことを知ったら、おしまいだ。そうなったら、ばん回のチャンスはない。

金曜日の午後、教室を出る寸前《すんぜん》まで、ガーティはメアリー・スーの様子をするどい目でうかがっていた。メアリー・スーは、おおげさなジェスチャーをまじえながらエラとしゃべっている。記憶喪失《きおくそうしつ》にはなっていない。シャツのぬい目もさけていない。メアリー・スーは、いつも通り完《かん》ぺきだ。おしまいだ。だけど……だけど、幕《まく》があがるまでの数時間のあいだに、メアリー・スーの身になにかが起これば、話はちがう。だれかが、なにか……。

「なにたくらんでるの?」

ガーティはとびあがった。ジーンはとなりの席《せき》で『たのしい読みかた　五年生』を熱心《ねっしん》に読んでいる。いま話しかけてきたのはほんとうにジーンだろうか。

ガーティは声をおさえてききかえした。「なんのこと？」

「どうせなにかたくらんでるんでしょ。メアリー・スーをミセス・ステビンスの戸棚《とだな》に閉《と》じこめようとか、ステージに出るときに足を引っかけてやろうとか。そうすればあんたが劇《げき》に出られるもんね」ジーンは教科書から顔をあげた。「で？　なにするつもり？」

ガーティは答えなかった。

「なんで警戒《けいかい》するのよ」ジーンが不満《ふまん》そうな顔になる。「わたしは告《つ》げ口《ぐち》したりしない」

メアリー・スーをミセス・ステビンスの戸棚《とだな》に閉《と》じこめるという計画は、いい考えだ。だれにもみつけられないだろう。メアリー・スーがいなくても幕《まく》はあげなくちゃいけないし、そうなればまた、ガーティのところにエバンジェリーナ役《やく》がまわってくる。

「告《つ》げ口《ぐち》しないのは知ってる」ガーティはいった。ほんとうだ。

下校のチャイムが鳴った。ガーティは、バックパックを持ってゆっくり歩きだした。みんなが、わいわいさわぎながらそばを走っていく。メアリー・スーを戸棚《とだな》に閉《と》じこめるなら、劇《げき》がはじまる寸前《すんぜん》をねらおう。みんなだってきっと、やっぱりエバンジェリーナはガーティでなくちゃ、と納得《なっとく》する。だけど……。

メアリー・スーをゆうかいするのは、ズルだ。トランプでズルをするのとはちがう。ミッションでズルをしたら、自分のことが信用《しんよう》できなくなる。

だけど、メアリー・スーを戸棚《とだな》に閉《と》じこめないなら、エバンジェリーナ役《やく》はあきらめなくちゃいけない。そしたら、これまであんなにがんばってきたのに、ガーティはだれにもほめてもらえない。ミッションに失敗《しっぱい》する。

帰りのバスがきても、ガーティはまだ、どうすればいいのか決めていなかった。

「あぶないことするつもりなら、ちゃんと教えてよ」ふいに、ジュニアの声が耳元でひびいた。「教えてくれるよね?」

「あたし、べつに……なんでみんな、あたしがなにかたくらんでるって思うわけ?」ガーティはとがった声でいった。ジュニアの両肩《りょうかた》をつかんで引きよせ、鼻と鼻がくっつきそうなくらい顔を近づける。近すぎて、両目を寄《よ》せないと目が合わない。「あたし、そんなに腹黒《はらぐろ》い子にみえる?」

ジュニアも寄《よ》り目《め》になり、小さくうなずいた。

レイおばさんの車が学校の前にとまった。たくさんの人たちが、車からおりて校舎《こうしゃ》の中へ入っていく。ガーティはシートベルトをはずした。

「車をとめたらすぐいくよ」レイおばさんがいった。「ガーティ、ねんのためいっとくけど……あの人はもしかしたら……」

「なに?」ガーティはいった。

「いいや、なんでもない」レイおばさんはため息をついた。

ガーティは、後部座席《こうぶざせき》のオードリーをみて、運転席《うんてんせき》のレイおばさんをみて、ダッシュボードの時計をみた。あと十分。あと十分で、なにか手を打たなくちゃいけない。ガーティは、もう一度レイおばさんをみた。おばさんは、きれいなむらさき色の口紅《くちべに》をぬって、おめかししている。

「ちょっと思ったんだけどね」ふいに、おばさんがいった。

ガーティは首をかしげた。

「あたしは、あの人があんたを置《お》いて出ていったときから、ずっと腹《はら》が立ってしかたがなかったんだよ。許《ゆる》せなかったし、ちっとも理解《りかい》できなかった。育てる気になれないって理由で自分の赤《あか》ん坊《ぼう》を捨《す》てていくなんて、どうかしてるよ。いまだって理解《りかい》できない。でも、そんなことは、もうどうだっていい。あたしは、あの人にとことん感謝《かんしゃ》しなきゃいけない。だって、あんたをあたしのところへ置《お》いてってくれたんだから。あれは人生で一番幸福な日だった」

ガーティは、どうすればいいのかわからなかった。

「ほら、一発《いっぱつ》かましてやんな、ベイビー」レイおばさんはいった。

これなら、どうすればいいのかはっきりとわかる。ガーティはうなずくと、いきおいよくドアをあけて外へとびだした。まっすぐ校舎《こうしゃ》へむかう。大またでとぶように走り、おとなの人たちや、ほかの子たちをつぎつぎに追いこす。入り口の前でかたまって立っている人たちをかきわけていく。ところどころに大きなテレビカメラをかかえた男の人たちがいるのは、どうしてなんだろう。だけど、深く考えているひまはなかった。


楽屋《がくや》では、衣装《いしょう》を着たみんなが大さわぎしていた。キュウリの格好《かっこう》のエラは、むらさきのセロファンでキャンディーに変身《へんしん》した子とサッカーをして遊んでいる。みんなのお母さんたちが、のりやヘアスプレーを片手《かたて》に、したくをてつだっている。先生たちは騒々《そうぞう》しい楽屋《がくや》をみまわっていた。大声で笑《わら》う生徒《せいと》はにらみつけ、わめく子にはしずかにしなさいと注意して、〝さもないと……〟とおどし文句《もんく》をつけくわえる。

ガーティは人ごみをかきわけ、ミセス・ステビンスをみつけた。ジューンのぐにゃぐにゃしたぼうしを相手に格闘《かくとう》しているところだ。ぼうしをちゃんとかぶれば、ジューンは芽《め》キャベツらしくみえるはずだった。

「ミセス・ステビンス」ガーティは声をかけた。「ミセス・ステビンス、あたし、なにすればいいですか？　なにかやりたいんです」

ミセス・ステビンスは、白髪《しらが》のおだんご頭に挿《さ》してあるピンを次々とぬいていった。そでから次々とスカーフを出してみせるマジシャンみたいだ。ぬいたピンでジューンの頭にぼうしを留《と》めようとしている。緑のぼうしは、ななめにずれていた。

「そのピン、除菌《じょきん》してます？」ジューンがいった。「除菌《じょきん》してませんよね？　ママがいってたんですけど――いたっ！」

ミセス・ステビンスは、最後《さいご》のピンを力まかせにジューンの髪《かみ》に挿《さ》し、試《ため》しにぼうしを引っぱった。「これでよしと」

ジューンは涙目《なみだめ》だ。ガーティは、ミセス・ステビンスに詰《つ》めよった。

「ミス・フォイ、いまはやめとくれ」ミセス・ステビンスはするどい声でいった。

「でも――」

「今夜の劇《げき》のために、何週間も稽古《けいこ》をかさねてきたんだ。あたしが作りあげた芸術品《げいじゅつひん》なんだよ。あっちでおとなしくしてな」

ふつうの子どもなら、青ざめて逃《に》げだしたかもしれない。だけど、ガーティは一歩も引かなかった。「なにかさせてください」

ミセス・ステビンスは舌打《したう》ちをした。「じゃあ、メアリー・スー・スパイビーをみつけて、あたしのところにくるようにいっとくれ」

ガーティはつま先立ちになり、大勢《おおぜい》の人がひしめく楽屋《がくや》をみまわした。だけど、流れるようなブロンドの髪《かみ》はみあたらない。きらめく緑色の瞳《ひとみ》もみえない。メアリー・スー・スパイビーは、どこにもいなかった。

スクールバスの運転手のおじさんが、のりを片手《かたて》に立ちはたらくお母さんたちのあいだを歩いている。運転手のおじさんは上《うわ》の空《そら》だ。声を出さずにくちびるを動かして、台本《だいほん》を読んでいる。おじさんは、ミセス・ステビンスからナレーター役《やく》に任命《にんめい》されていた。そんなにだいじな役《やく》をやれるなんて、ガーティはうらやましかった。おじさんは緊張《きんちょう》しているみたいだ。口にくわえたつまようじは、半分にちびている。

「メアリー・スー・スパイビー、いません!」ガーティは、いそいでミセス・ステビンスをふりかえった。「あたしが主役《しゅやく》ってことですか?」

ぎらっと光るヘアピンが、目の前に突《つ》きつけられた。「あの子をみつけて、衣装《いしょう》合わせにつれてくるんだ」

ふくれっつらで歩きはじめたガーティは、ロイとしょうとつした。ロイはみんなとぶつかってばかりだ。ハムのかたまりの衣装《いしょう》は、ワイヤーと赤いフェルトでできていて、すごく場所をとる。

「おれ、ハムの役《やく》なんかいやです!」ロイは声をあげた。

「やかましい」ミセス・ステビンスはにべもない。

「ハムなんか恥《は》ずかしいよ。ジェシカ・ウォルシュがいるのに」ロイはそういって、衣装《いしょう》から突き出《だ》した両手をばたつかせた。

「ジャガイモよりましだろ」レオがいう。

「ジェシカ・ウォルシュ?」ガーティはぴたりと足を止めた。「ジェシカ・ウォルシュって?」

「おまえ、どこに目ついてるんだよ」レオがあきれたようにいった。「ジェシカ・ウォルシュがここにきてるんだ。いま、ここに」

ガーティは舞台《ぶたい》そでに走った。人だかりができて、ジュニア・ジュニアはかべぎわで押《お》しつぶされている。集まった子たちは、押《お》しあいながら客席《きゃくせき》をのぞいていた。ガーティは、ユアンをひじで押《お》しのけた。

講堂《こうどう》は満員《まんいん》だ。ガーティはすぐ、一番前の席《せき》に、スパイビーさん――ロビイスト――がすわっているのに気づいた。となりの男の人が、映画監督《えいがかんとく》のお父さんにちがいない。そのとなりには、ほんとうにジェシカ・ウォルシュがすわっていた。にこにこ笑《わら》っていて、幕《まく》のうしろにいるガーティにさえ、かがやく白い歯がみえる。フィギュアそっくりにみえた。フィギュアより大きくて、やわらかそうだけど。時々、講堂《こうどう》のざわめきのなかから、〝ジェシカ・ウォルシユ！〟という声があがる。音の波間に浮《う》かぶコルク栓《せん》みたいに。

「幕《まく》の責任者《せきにんしゃ》はぼくだよ」ジュニアがくり返している。「下がってよ。ひもを踏《ふ》んじゃってるよ」

だれもきいていない。

講堂《こうどう》をみまわしていたガーティの視線《しせん》が、レイおばさんとオードリーの上で止まった。三列目にすわっている。オードリーはいすの上に立っていた。レイおばさんは熱心《ねっしん》にプログラムを読んでいる。ふたりは、となりの席《せき》をふたつ取っていた。ひとつは、まんがいち、ガーティがエバンジェリーナになれなかったときのための席《せき》。もうひとつは、レイチェル・コリンズの席《せき》。レイおばさんに頼《たの》んで取っておいてもらった。だけど、その席《せき》はからっぽだ。レイチェルはまだとうちゃくしていないらしい。

だけど、あのときレイチェル・コリンズは、くるといった。ガーティは、クラスメートたちに押《お》されながら、ふと考えこんだ。ほんとうに、「くる」といっただろうか。いったような気がする。レイチェル・コリンズがまっすぐに自分の目をみたとき、きてくれるんだ、くるって約束《やくそく》してくれてるんだ、と思った。だけど、実際《じっさい》にどういったのかは、よく覚《おぼ》えていない。

もしかすると、なにか大変《たいへん》なことがあったのかもしれない。時間をまちがえているのかもしれない。ウォルターがバスタブにはまって、引っぱりだしてあげている最中《さいちゅう》かもしれない。ここへくる途中《とちゅう》で車が乗っ取られて、悪者たちと戦《たたか》っているところかもしれない。

とびだしたワイヤーが、ガーティの顔をつつく。「女子がみんなジェシカみたいだったらいいのに」

「ジェシカ・ウォルシュって、まじでかわいいな」ロイがため息まじりにいった。ハムから

「あんた最低《さいてい》」ジューンがいう。

「そんなんだから」ロイがいい返す。「おまえはモテないんだよ」

「へえ、そう。あんたがモテない理由も教えてあげよっか?」ジューンがいう。

「だまれよ」ロイはいった。

ジューンは、緑色のぼうしの下で真っ赤になった。「ダサいハムのくせに!」

ロイはジューンに詰《つ》めよった。「デブのブロッコリーのくせに!」

「あたしは芽《め》キャベツよ!」ジューンがロイをつきとばす。

「ちょっと」だれかが文句《もんく》をいった。

「足踏《ふ》まないでよ!」べつの女の子がわめく。

「幕《まく》に気をつけて!」ジュニアがさけんだ。

ガーティは、体をよじってみんなの輪《わ》のなかから抜《ぬ》けだした。耳の中がわんわんする。ジェシカ・ウォルシュにかまっているひまはないんだ。ミッションに集中しなくちゃ。メアリー・

スーがみあたらないなんて、ひょっとして大チャンスかもしれない！

「メアリー・スーをみませんでした？」ガーティは、ヘアスプレーを持った女の人にたずねた。

女の人は首を横にふった。

「メアリー・スー、どこ？」ガーティは呼《よ》んでまわった。

着替《きが》え室《しつ》になっている一年生の教室をのぞく。メアリー・スーはいない。ロビイストと映画《えいが》監督《かんとく》の両親は観客席《かんきゃくせき》にいる。だから、メアリー・スーもいるはずだ。なのに、いない。おかしい。奇跡《きせき》だ。神さまのお恵《めぐ》みだ。神さまが、メアリー・スーを戸棚《とだな》に閉《と》じこめるのをがまんしたガーティに、ごほうびをくれたんだ！　エバンジェリーナになれる！

こうなる運命《うんめい》だったんだ！

ガーティは女子トイレのドアをあけて声をかけた。「だれかいる？」息をつめて、数をかぞえる。いち、に、さん。返事はない。メアリー・スーは、どこにもいなかった。やった！

ところが、ガーティがトイレに背《せ》をむけたとき、閉《し》まりかけたドアのむこうから、はなをかむ音がきこえた。

ううん、いまのはたぶん空耳《そらみみ》。なんでもない。ガーティは、講堂《こうどう》へもどろうと歩きはじめた。ミセス・ステビンスを探《さが》して、メアリー・スーはいませんでした、と報告《ほうこく》しよう。そうすれば、ガーティ・リース・フォイがエバンジェリーナになれる。

だけど、ガーティは、〝たぶん〟がきらいだった。もう一度うしろをむき、トイレのドアをあけた。中へ歩いていく。

すると、ジーンが個室《こしつ》の前に立っていた。中にいるだれかに、ちぎったトイレットペーパーを差《さ》しだしている。ガーティは近づき、ジーンのうしろから個室《こしつ》をのぞきこんだ。

メアリー・スーだ。トイレにすわって泣《な》いている。ダイヤモンドみたいな、きれいな涙《なみだ》じゃない。ダイヤの涙《なみだ》がにせものだってことは、もう知っている。メアリー・スーは顔を真っ赤にして泣《な》いていた。泣《な》きすぎて、顔がぱんぱんにはれるくらいに。

26　ロールペーパーをちょうだい

巨大《きょだい》なにきびはできていないけれど、メアリー・スーは、涙《なみだ》と鼻水《はなみず》まみれの顔を、ガーティが思わず見入ってしまうくらいくしゃくしゃにして泣《な》いていた。

「あっちいって！」メアリー・スーは、にぎりしめたトイレットペーパーで顔をふいた。

ジーンが肩《かた》をすくめてガーティをみた。ちょっとしたしぐさがかっこよくみえるのは、コーラの空《あ》き缶《かん》で作った衣装《いしょう》を着ているからだ。空《あ》き缶《かん》をトレーナーにテープでどっさり貼《は》りつけた衣装《いしょう》は、お手製《てせい》のよろいにもみえる。

「どうかしたの？」ガーティはたずねた。

「どうもしないわよ！」メアリー・スーは、トイレットペーパーで顔をこすった。

ガーティは、トイレのドアをふりかえった。閉《し》まったドアのむこうから、講堂《こうどう》に集まったお客さんたちのざわめきがきこえてくる。もう一度、メアリー・スーのほうをむいた。「どこかいたいの？」

「なによ、いまさら」メアリー・スーは、はなをすすった。「転校《てんこう》してきたときから、じゃまばっかりしてきたくせに。会ったときからわたしがきらいなのよね。わたしが死ねばいいと思ってるんでしょ」メアリー・スーはしゃくりあげた。たしかに、むかしは――二分くらい前までは――あんなやつ、おんぼろのトイレでわんわん泣《な》いてればいいのに、くらいには思っていた。だけど、実際にトイレットペーパーをにぎりしめて泣《な》いている姿《すがた》をみてしまうと、うれしくもなんともない。

「うれしくないの?」ガーティはいった。「ジェシカ・ウォルシュがきてるんだよ?」

ジーンが、警告《けいこく》するようにガーティをみて、首を横にふった。

だけど、ておくれだった。メアリー・スーは、悲鳴みたいにかん高い声でしゃくりあげた。

ガーティは思わずあとずさり、洗面台《せんめんだい》にぶつかった。「そりゃ知ってるわよ。だ……だって、パパが、あ……あ……あの子を、ロサンゼルスから連《つ》れてきたんだもん」

「あっちからきてくれたんだ」ガーティは感心して、ため息まじりにいった。そんなに遠くからきてくれるなんて、ウソみたいだ。飛行機《ひこうき》に乗って、アメリカを横断《おうだん》して、わざわざミセス・ステビンスの作った全然《ぜんぜん》おもしろくない劇《げき》をみにきてくれるなんて。

「そうよ。どうかしてるわ」メアリー・スーは、ひどい風邪《かぜ》を引いたみたいな声をしていた。「ほんとはパパ、わたしなんかより、ジェシカ・ウォルシュのほうがかわいいのよ。ジェシカなんてだいっきらい。あの子、わたしの誕生日会《たんじょうびかい》にきて、ケーキとジェラートが出てるのに、ずっとみんなにサインしてたのよ。みんな――みんな、ジェシカに夢中《むちゅう》で、ジェラートが全部とけちゃったんだから」

「そっか」ジーンがつぶやく。

ガーティは、なぐさめる言葉をひねり出した。「そういうのって、やだよね」

メアリー・スーはきいていない。「いくらわたしが、べ……べ……勉強できたって、意味ないのよ。だって、ジェシカ・ウォルシュも勉強ができるもの。あの子、学校に通ってもないのに」メアリー・スーは、トイレットペーパーをずたずたにさき、紙ふぶきみたいに床《ゆか》にまいた。「それに、わたしが劇《げき》でいい演技《えんぎ》をしたって、だれもなんとも思わないわ。だって、ジェシカ・ウォルシュは、ほ……ほんものの女優《じょゆう》だもの。それに」手の甲《こう》で鼻水《はなみず》をぬぐう。「劇《げき》が終わったら、あの子絶対《ぜったい》、わたしの演技《えんぎ》の悪いところをみんなに話してまわる。それで、こういうのよ。自分ならもっとうまくできたけど、って」

たしかにジェシカ・ウォルシュは、いっぺんぬかるみに顔を突《つ》っこんでやったほうがいいくらい、いやなやつみたいだ。ガーティはジーンをみて、なにかいってやりなよ、と合図した。

今度はジーンがなぐさめる番だ。

「まだマシでしょ」ジーンがいう。

「なにそれ」メアリー・スーが気色《けしき》ばむ。

ジーンは説明《せつめい》した。「べつに、だから、あんたも大変《たいへん》だけど……もっと大変《たいへん》なひともいる、っていいたいだけ」

ジーンはがんばっていた。ただ、なぐさめるのがうまくないのだ。

「じゅうぶん大変《たいへん》よ」メアリー・スーはいった。「ロールペーパーをもう少しちょうだい」

〝ロールペーパー〟なんてきどった言い方、だれがするんだろう。そう、メアリー・スー・スパイビーみたいな子がするのだ。

ジーンは空《あ》き缶《かん》をガチャガチャいわせながらべつの個室《こしつ》に入り、トイレットペーパーを一メートル半くらいちぎって持ってきた。

「ママが、ロサンゼルスにはもどらないっていってるの」メアリー・スーは涙《なみだ》をふきながらいった。「ここのお仕事がすっごくだいじなんだって。ここで暮《く》らすなんていい出したのよ。こんなみすぼらしい、できそこないの町で。ず……ずっと、ここで暮《く》らすんだって」

「ウソでしょ」

「ウソならいいわよ」メアリー・スーは足元に目を落とした。「わたしはパパのところで暮《く》らすっていったの。でも……でも、ここにのこったほうがいいんだって。パパとママは、り……りこんするんだからって」メアリー・スーは、またしゃくりあげた。「ふたりとも、ひどいでしょ?」そういうと、声をあげて泣《な》きはじめた。

ガーティは、なにをいえばいいのかわからなかった。

「とりあえず……」ジーンは、ガーティをみて、メアリー・スーをみた。「劇《げき》はどうするの?」

「ショーはつづけなきゃ、っていうでしょ。主役《しゅやく》はあんたがやれば?」メアリー・スーはガーティをみていった。「さ……最高《さいこう》ね。わたしはトイレでめそめそ泣《な》いて、あんたは主役《しゅやく》どろぼうなんて」

「主役《しゅやく》どろぼうなんてしない!」ガーティはさけんだ。声がトイレのなかにひびきわたる。「それに、もともとはあたしがエバンジェリーナだったんだよ!」

メアリー・スーは、うるさそうに手をふった。「あんたはみんなに好《す》かれてるものね。クラスの人気者ってやつよ。やなやつだし、石油《せきゆ》のことも環境《かんきょう》のことも、なんにも知らないのに——」

「あたし、やなやつじゃない!」ガーティはいい返した。メアリー・スーが、ガーティのことをクラスの人気者だと思っていたなんて、ちょっとびっくりだ。ガーティはメアリー・スーをやっつけようとがんばってきたのに、メアリー・スーはそのあいだずっと、ガーティをやっつけようとがんばっていた。そうすれば、ジェシカ・ウォルシュに勝てると思って。ガーティなら、ジェシカ・ウォルシュの首ねっこをつかまえて、顔をぬかるみにつっこんでやるのに。

そのときようやく、メアリー・スーの言葉の意味に気づいた。「ちょっとまって、あたしにエバンジェリーナをやってほしいの？」

「あんたにエバンジェリーナをや、っ、て、ほ、し、く、な、ん、か、な、い、わよ。でも、わたしはむりだし、せりふを覚《おぼ》えてる子はあんたしかいないでしょ」

ガーティは、もちろんせりふを覚《おぼ》えていた。あたまから終わりまで、完全《かんぜん》に。だから、できる。「だよね。ショーはつづけなきゃ。あんたもいってたけど」

メアリー・スーははなをすすった。ジーンが肩《かた》をすくめる。空《あ》き缶《かん》が、カチャン、と鳴る。

こんなにうまくいくなんてウソみたいだ。これだからガーティは、どんなミッションだってあきらめないのだ。気を引きしめなくちゃ。レイチェル・コリンズがガーティのすばらしさに気づくまで、あと少し。レイチェル・コリンズはどんな顔をするだろう。きっと、よろこびに顔をかがやかせて、客席《きゃくせき》からガーティをみあげるだろう。ガーティが世界一の五年生だと知って、目じりにしわをよせて笑《わら》うだろう。

メアリー・スーは、ガーティはみんなに好《す》かれていて、クラスの人気者だといった。だけど、ほんとはちがう。みんなはうつり気《ぎ》なだけ。それでも、エバンジェリーナのことは、レイチェル・コリンズだってきっと気に入る。エバンジェリーナは、みんなに好《す》かれているから。そういう役《やく》だから。

だけど、ガーティには、ひとつ確信《かくしん》があった。お父さんなら絶対《ぜったい》に、ガーティがほかの女の子を演《えん》じなくたって、そのままのガーティを好《す》きでいてくれる。

ガーティはロケットをにぎりしめた。お父さんはいま、石油《せきゆ》プラットホームにいる。どうするか決めるのは、自分しかいない。お父さんは、ずっとずっとむこうにいる。だけど、距離《きょり》ってなんだろう。メアリー・スーのお父さんは、アメリカのはしからここまできてくれた。それなのにガーティは、ちっぽけな町のはしからここまできてください、とお母さんに頼《たの》まなくちゃいけなかった。たぶん、だからレイチェル・コリンズは、ガーティを捨《す》てて家を出たあとも、おなじ町で暮《く》らしつづけたのだ。たぶん、三キロが三千キロになることだって、あるのだ。

ガーティは、親指の爪《つめ》でロケットをあけて、中をのぞいた。小さな写真には、女の人の腕《うで》に抱《だ》かれた赤ちゃんが写っている。今回のミッションは、いままで一番がんばった。レイチェル・コリンズに、ガーティはだいじな子だと気づいてほしかった。だけど、レイチェル・コリンズは、ガーティにとって、だいじな人なんだろうか。

「やっぱり、いい」ガーティはいった。ロケットをカチッと閉《と》じて、手をはなす。

メアリー・スーが顔をあげた。

ガーティは深呼吸《しんこきゅう》をひとつした。エバンジェリーナを演《えん》じれば、レイチェル・コリンズは誇《ほこ》りに思ってくれるだろう。だけどガーティは、なにも演《えん》じていない自分を誇《ほこ》りに思ってほしかった。「やっぱり、いい」ガーティはくりかえした。「あんたがエバンジェリーナをやって。お父さんがせっかくみにきてくれてるんだよ。それに、役《やく》をおりたりしたら、ジェシカ・ウォルシュにめちゃくちゃいわれるんでしょ?」

「まちがいないわね」メアリー・スーはいった。「百パーセントよ。あの子、あんたたちには想像《そうぞう》もつかないくらい、いじわるなんだから」

「なんとなく想像《そうぞう》できるけど」ジーンがいう。

「ほんとにいいの?」メアリー・スーがたしかめた。

ガーティがうなずくと、メアリー・スーは目をまん丸にした。こんなにおどろいた顔ははじめてみる。ガーティの気持ちは、まだ複雑《ふくざつ》だった。それでも、メアリー・スーのうれしそうな顔をみると、おとぎ話に出てくるやさしい妖精《ようせい》になったみたいな満足感《まんぞくかん》が、胸《むね》の奥《おく》にじわりとわいた。体が妖精《ようせい》みたいにきらめいている気がする。

メアリー・スーが立ちあがった。鏡《かがみ》をのぞきこみ、くちびるをわななかせる。「ううん、むり」情《なさ》けない声だ。「ひどい顔」

「そんなにひどくないわよ」ジーンがいう。「マシなほうだって」

「まかせて」ガーティは、床《ゆか》に置《お》いてあったメアリー・スーのかばんをつかみ、中をのぞきこんだ。ジーンは、かばんの中のブラシやコンパクトやリップをみて、眉《まゆ》をひそめた。

「ステージに立てるようにしてあげる」ガーティは、コンパクトのパフをつかんだ。ファンデーションをつけて、メアリー・スーの涙《なみだ》でぬれた顔にたたきつける。すると、しめった粉《こな》のかたまりが頬《ほお》にのこって、コーンフレークがくっついているみたいになった。

メアリー・スーがせきこむ。「ちょっと！　やめて！」

ジーンは、空《あ》き缶《かん》をガチャガチャいわせながらかばんをのぞきこみ、エバンジェリーナの衣装《いしょう》を引きずりだした。

「やめてよ！　しわになるでしょ！」メアリー・スーが衣装《いしょう》をひったくる。

ガーティはヘアブラシをつかんだ。メアリー・スーの髪《かみ》の毛《け》をとかしてやるのだ。たぶん、一回くらいは、わざと髪《かみ》を引っぱってやるかもしれない。ガーティは、そういうタイプの妖精《ようせい》なんだから。

27　うまいハム

講堂《こうどう》は暗くて、熱気《ねっき》がこもっていた。客席《きゃくせき》は満員《まんいん》だ。誇《ほこ》らしそうな顔のお父さんやお母さん、おじいちゃんやおばあちゃん、退屈《たいくつ》した顔のおとうとやいもうと、つかれた顔の先生や遠くからきた親戚《しんせき》たち。ガーティは三列目へいくと、すわった人たちのひざと背《せ》もたれのあいだに体を押《お》しこみ、時々靴《くつ》につまずきながら自分の席《せき》をめざした。

幕《まく》があがり、礼儀《れいぎ》ただしい拍手《はくしゅ》が起こる。ガーティは、急いでレイおばさんの前をすり抜《ぬ》けた。オードリーがむこうの席《せき》へうつる。ガーティは、ふたりのあいだの席《せき》に、ドシンと音を立ててすわった。

「シーッ」だれかが注意する。

「だいじょうぶかい？」レイおばさんが小声でたずねた。

「うん」ガーティも小声で返事をした。

「シーッ」

メアリー・スーがステージに登場した。顔は小麦粉《こむぎこ》のふくろに突《つ》っこんだみたいに白く粉《こな》を吹《ふ》いているし、目ははれたままだ。客席《きゃくせき》をゆっくりとみわたす——とても、ゆっくりと。ガーティは、せりふを忘《わす》れたんじゃないかと心配《しんぱい》になりはじめた。ふと、メアリー・スーの視線《しせん》が、ジェシカ・ウォルシュの上で止まった。とたんに背《せ》すじをのばし、肩《かた》をそびやかす。

「あたしは、エバンジェリーナ」鼻声《はなごえ》だけどはっきりと、メアリー・スーはせりふをいった。

「あたしは、甘《あま》いものがだいすき」にっこり笑《わら》い、口を指さしてみせる。

お客さんたちが、ほうっとため息をついた。劇《げき》に引きこまれはじめている。すぐに、クラスメートの半分が、スキップでステージに登場した。キャンディや、ジュースや、ジャンクフードの役《やく》の子たちだ。ハムは、みんなから一歩遅《おく》れて登場し、両腕《りょううで》を体のわきでふりながら歩いてきた。

「おれは脂肪《しぼう》たっぷりのうまいハム」ロイが棒読《ぼうよ》みでせりふをいう。「体にはあんまりよくない」

エバンジェリーナが、重い病気から回復《かいふく》して起きあがった。目をこすりながら、栄養《えいよう》たっぷりの新しいお友だちに笑顔《えがお》をむけ、命を救《すく》ってくれてありがとう、体に悪い食べ物をやっつけてくれてありがとう、とお礼をいう。客席《きゃくせき》から、盛大《せいだい》な拍手《はくしゅ》がわきおこった。メアリー・スーのお父さんは、立ちあがって手をたたいている。ガーティは、なかなかすてきなお父さんじゃないの、と思った。腕《うで》はひんじゃくだけど。ガーティのお父さんのほうが、たくましくて強そうだ。

レイおばさんが、ガーティのひざに手を置《お》いた。ガーティは、しわの寄《よ》ったおばさんの手をみおろし、自分の手をかさねた。オードリーが、となりの席《せき》から身を乗りだし、ひざの上にのしかかってくる。ひざがガーティのおなかをけり、ひじがガーティの鼻を強打《きょうだ》する。

「いたっ!」ガーティはうめいた。

オードリーは、ガーティのひざの上で腹《はら》ばいになり、レイおばさんのひざに手を置《お》いた。

「しずかに!」また、うしろのだれかが注意した。

「教会のネズミみたいに、だよね」オードリーが、ガーティに耳打ちする。

ガーティは、ステージの上のみんなをみた。幕《まく》のひもにかじりついているジュニア。胸《むね》をはってジェシカ・ウォルシュをみているメアリー・スー。ハムの衣装《いしょう》を着てふうふういっているロイ。体じゅうに空《あ》き缶《かん》を貼《は》りつけてきまじめな顔をしているジーン。クラスメートたちが、最後《さいご》のおじぎをしにステージに出てくる。

オードリーのむこうの席《せき》は、からっぽのままだ。ガーティは、だれもいない席《せき》をみないようにしていた。生まれてはじめて、ミッションに失敗《しっぱい》した。できることは全部やったし、絶対《ぜったい》にあきらめなかったし、席《せき》どろぼうにも親切にした……それでも、失敗《しっぱい》したのだ。

シムズ先生は、ヘマをするのはあたりまえのことだと話していた。だけど、ちがう。ヘマをすると、胸《むね》がいたくなる。ガーティは、深いため息をついた。たぶんシムズ先生は、ヘマをする練習をたくさんしてきたんだろう。

ステージの上のみんながいっせいにおじぎをする。お客さんたちは、拍手《はくしゅ》をしながら、ひとりまたひとりと立ちあがっている。レイおばさんも立ちあがった。

ふつうの子がこんな目にあったら、ミッションなんか二度とごめんだと思うだろう。まわりのいうとおりに行動して、自分で考えることなんかやめてしまうかもしれない。こんなときにはふくれっつらをして、トイレットペーパーのことをロールペーパーなんていう、鼻声《はなごえ》のエバンジェリーナに拍手《はくしゅ》を送ったりはしないだろう。

だけどガーティは、いまも、これまでも、これからも、ふつうの子なんかじゃない。元気よく立ちあがると、いすの上にとびのって、力いっぱい拍手《はくしゅ》をした。ガーティはどんなときだって、どこを取ってもガーティだ。

エピローグ　グローリー、グローリー、グローリー

ウシガエルは電気虫取り器《むしとりき》の下にすわっていた。おいしい虫が大きな青い光のなかにとびこんでくるのを待ちかまえている。あの青い光はずっとついていて、虫をしとめて落としてくれるのだ。

ハエのフライをひとつ。ウシガエルはうたった。こんがり焼《や》いた蚊《か》をひとつ、こうばしいガをもうひとつ。ありがたや、グローリー《グローリー》、グローリー、グローリー。

黄色いバスが——カエルつぶしのモンスターだ——、キイッと音を立てて家の前にとまった。カエルさらいの女の子が家からとびだしてきて、庭を走っていく。足元に土ぼこりがまう。

「一発《いっぱつ》かましてやんな、ベイビー!」家の奥《おく》から太い声がきこえてくる。

女の子はバスにとびのった。ウシガエルは知っている。あの子はまたもどってくる。いつだってもどってくる。だけど、これでしばらくはしずかになる。

カエルは青い光をみあげた。ゾンビカエルは幸せだった。完《かん》ぺきだ。

訳者あとがき

著者のケイト・ビーズリーは、本作で二〇一六年にデビューした。大学院《だいがくいん》の卒業制作《そつぎょうせいさく》として二〇一一年から書きはじめたこの物語は、完成《かんせい》する前からエージェントや編集者《へんしゅうしゃ》の目にとまっていた。五つの出版社と競《きそ》い合《あ》ったすえに版権《はんけん》を勝ちとった、アメリカの老舗《しにせ》出版社ファラー・ストラウス＆ジルーの編集者は、原稿の一行目に心をつかまれたという。こんな文章だ。

「ウシガエルはちょうど半分死んでいた。完《かん》ぺきだ」

ウシガエルに目をかがやかせた十歳のガーティ・リース・フォイは、石油《せきゆ》プラットホームではたらくお父さんと、セール品に目がない大おばさんと三人暮らしだ。お母さんはガーティを産んだ直後に家を出ていき、おなじ町で暮らしている。お母さんの家はガーティたちの家より、ずっとりっぱだ。もうすぐ五年生になるガーティは、ある目的のために、壮大《そうだい》なミッションを計画する——世界一の小学五年生になってみせる！　ウシガエル捕獲《ほかく》も、ミッションの一部だったのだ。

ガーティのミッションは、もちまえの想像力《そうぞうりょく》と行動力《こうどうりょく》と、ふたりの親友にささえられ、順《じゅん》調《ちょう》に進みはじめる。ところがそこに、強敵があらわれた。転校生《てんこうせい》だ。かがやくブロンドに緑色の瞳《ひとみ》、リップグロスをぬったくちびる。かわいいうえに勉強もできるし、芸能人の友だちまでいる。おまけに、ガーティとおなじくらいガッツがある。こうして、世界一の小学五年生の座をめぐる、ふたりの戦いがはじまった――。

ミッション遂行《すいこう》にむけて突《つ》っ走《ぱし》るガーティは、とんでもない方向へいってしまうこともしょっちゅうだ。痛快《つうかい》なほど一本気《いっぽんぎ》だが、それがわざわいして、さわぎを起こしたり、自分が痛い目にあったり、大切な人を傷《きず》つけたりもする。だが、決してにくめない。それどころか、そのエネルギーでまわりをとりこにしてしまう。そう、本文中の表現《ひょうげん》を借《か》りるなら、「さえない生《せい》徒《と》。びりっけつの負け犬。ひざにすり傷《きず》を作った平凡《へいぼん》な生徒。ガーティは、そんな子たちのヒーローなのだ」。

はたして、一大ミッションは成功するだろうか。そして、ガーティのミッションの、ほんとうの目的とはなんなのだろうか。ぜひ、見届けてほしい。

最後になりましたが、ガーティ・リース・フォイという世界一魅力的《みりょくてき》な女の子に出会わせてくれ、原書《げんしょ》と訳文の両方を読んでご指摘《してき》をくださった編集の須藤建さんに心よりお礼を申し上げます。

二〇一八年一月二五日

井上　里

ケイト・ビーズリー　Kate Beasley
作家．バーモント・カレッジで児童文学および YA の創作を学ぶ．本書がデビュー作．

井上　里
翻訳家．訳書に『わたしはイザベル』(岩波書店)『サリンジャーと過ごした日々』(柏書房)『ペーパープレーン』(小峰書店)など．

ガーティのミッション世界一
ケイト・ビーズリー作

2018年2月23日　第1刷発行

訳　者　井《いの》上《うえ》　里《さと》

発行者　岡本　厚

発行所　株式会社 岩波書店
〒101-8002 東京都千代田区一ツ橋 2-5-5
電話案内 03-5210-4000
http://www.iwanami.co.jp/

印刷・理想社　カバー・半七印刷　製本・松岳社

ISBN 978-4-00-116014-7　Printed in Japan
NDC 933　266p.　20 cm